《教师博览》精华丛书

做有趣的教育

方心田　主编

江西教育出版社
JIANGXI EDUCATION PUBLISHING HOUSE
·南昌·

图书在版编目（CIP）数据

做有趣的教育 / 方心田主编 . -- 南昌 : 江西教育出版社 , 2021.7

ISBN 978-7-5705-2724-3

Ⅰ . ①做… Ⅱ . ①方… Ⅲ . ①故事 - 作品集 - 中国
Ⅳ . ① I247.81

中国版本图书馆 CIP 数据核字 (2021) 第 129822 号

做有趣的教育

ZUO YOUQU DE JIAOYU

方心田 主编

江西教育出版社出版

（南昌市抚河北路 291 号　　邮编：330008）

各地新华书店经销

江西省和平印务有限公司印刷

700 毫米 ×1000 毫米　16 开本　14 印张　字数 175 千字

2021 年 7 月第 1 版　　2021 年 7 月第 1 次印刷

ISBN 978-7-5705-2724-3

定价：45.00 元

赣教版图书如有印装质量问题，请向我社调换 电话：0791-86710427

投稿邮箱：JXJYCBS@163.com　　电话：0791-86705643

网址：http://www.jxeph.com

赣版权登字 -02-2021-441

有趣，让教育更灿烂

◎肖　川

《教师博览》无论是原创版还是文摘版，都很有内涵与品位。杂志的负责人从几千篇文章中选取四十多篇佳作，可谓优中选优，准备结集出版，书名就叫《做有趣的教育》。他们嘱我写序，盛情难却。先睹为快，收获多多。

有趣，是人生的境界，自然也是教育的境界。有趣，既可以表现为别出心裁、耐人寻味，也可以表现为令人捧腹并乐此不疲。追求趣味，与追求功利、追求意义一道，作为人们行为动机的元素。它与积极情感，如欢乐、开心、愉悦、惬意等息息相关。而积极的情感在人的成长中，尤其在“活在当下、享受生命”中，有很高的价值。

成为一个有趣的人，与成为一个有魅力的人，成为一个幸福的人，甚至与成为一个受人尊敬和受人欢迎的好人之间有很高的相关性。

如果我们的教育，很大程度上摈弃了道貌岸然、煞有介事、故作姿态、正襟危坐的样态，而是自然而然的春风化雨，是赤诚率真的沉浸陶醉其中，甘之如饴，学生岂有不乐学之理？教师又岂会有职业倦怠？

这里收录的佳作，既有妙不可言的教学设计，也有视角独特的教学内容的解读，还有对教师职业生涯的充满热情的体认，更多的是师生交往中温暖与妙趣横生的点点滴滴——而真正的教育就常常存在于细微的却令人回味的行为之中。我相信《做有趣的教育》是一些堪称教育教学行家里手的老师们的匠心之作：写得好首先因为他们做得好，值得我们学习与借鉴，是实践的、鲜活的教育学。可以说，这些文字是教育探索者的足迹，是幸福生活的生命姿态的展示，是同事间真诚的分享，是通过文字对美好瞬间的捕捉。我相信可以通过文字将教育自觉、饱含善意的影响定格为永恒。

是为序。

目 录

第一章 有趣的教学

第二章 有趣的教师

第三章 有趣的思想

第五章　有趣的外国教育

第一章

有趣的教学

教学不应当只局限于课本，更应该适时开辟新的天地，在教学生成过程中，抓住一切可能的契机，这是一种机智，更应该是一种素质。作为教师，要多做跳出课本、联系实际的事，把课教得活一些，教得再实际一些。

创造与学生的联结

◎孙建锋

开学第一周，我们推门听课。

上课的是刚硕士研究生毕业的一位姓李的老师，她执教的是统编教材一年级上册开篇第一课《天地人》。“天地人，你我他”。这开篇第一课《天地人》简约到只有六字，着实让人耳目一新。

“天、地、人，你、我、他”，教材上的生字在屏幕上刚投出，孩子们便熟络得像见到了老朋友，个个都能直呼“其名”。

“呀！呀！呀！你们早已认识了这些‘朋友’。”李老师很风趣，像大姐姐在逗小弟弟小妹妹开心，“接下去，我们干什么呢？”

“去操场玩！”一个男孩子根本没当这是上课，好像在家里任性撒欢。

“哦——哦——哦——”男孩的建议引“爆”了全班，孩子们群情激昂。

“好吧！”李老师顺时而为，运势而作，和全班孩子一起，小鸟般飞到了操场。

“我看到了‘天’，它是蓝色的！”李老师仰面而望，高声而呼。接着，她又低下头，欣喜道：“我看见了地。”

“它是黄色的。”李老师话音未落，学生便接过话茬。

“我看见了你们每一个人，他是……”未等李老师说完，一个女孩摇动羊角辫，马上接语："他是无色的。"

"哦？！好一个'人是无色的'！"李老师来到她的身边，躬身探问，"我没有颜色吗？"

"是的。"羊角辫女孩抬头望了望李老师，童声童气地说，"你第一次给我们上课，我是不认识你的，所以，你在我的心里是没有颜色的！"

"现在呢？"

"现在……现在你有一点儿'灵魂'的颜色。"

"为什么呢？"说着，李老师蹲下来，和她目光平视。

"因为我看到你的眼睛里有我，你的眼睛很漂亮，就像我的眼睛，里面有自己的灵魂。"羊角辫女孩见蹲在自己面前的李老师看着自己，顺势追问，"李老师，我是什么颜色的呢？"

"你是我未来女儿的颜色！"说完，李老师揽她入怀。

……

"李老师，李老师，"一个男孩子见状，有点"邀宠"道，"我们一起玩个游戏好吗？"

"好啊！"

"我们每个人，都把自己站成一个'人'，"男孩说，"我们对着天地喊，我是人！"

于是，操场上，一个个"人"，一个个顶天立地的人，仰望天空，俯视大地，自由呼喊："我是人！"

"请继续我们的游戏吧，"李老师相机把游戏引向纵深，"我把自己躺成'人'。"

操场上，孩子们也躺成一个个"人"。

"我们都是一样的人。"李老师说，"怎样摆造型呢？大家想办法！"

孩子们叽叽喳喳、七嘴八舌议论之后，在"人"与"人"之间，两个孩子横躺成“等于号”。于是，操场上出现了“人 = 人 = 人 = 人……”的造型。

李老师又说：“我们是一个人。”

于是，“一撇”“一捺”，师生一起躺成一个“人”。

接着，李老师和孩子们躺在操场上，用身体写字，字形不断变换：一会儿是“你、我、他”，一会儿是“你 = 我 = 他”，一会儿又是“人 = 你 + 我 + 他”……

下课了，孩子们依依不舍地离开了操场，李老师请孩子们回头望，“你发现什么不见了，什么还在？”

“‘你我他’不见了……‘人’不见了……‘笑声’不见了……”孩子们说，“‘天’还在，‘地’还在。”

“我们每个人都是天地间匆匆的过客啊！”李老师微笑着对孩子们说。

……

课程结束了，我们不妨再来看看这节创课，都有哪些新突破。

首先，学习场域新突破。传统意义上的教室，不再是学习发生的唯一场域。上文创课，解构了“教室”，建构了学习场域。这种由教室到操场的学习场域，表面理解不过是一种物理空间的位移，本质意蕴却是一种人文空间的构建。只有心里装着学生的教师，才能体恤“民意”，才能做到“顺时而为，运势而作”。创造新的学习场域，缔造新的学习境遇，必然焕发教学新思维与新创举。一如孩子惊人的发现“人是无色的”；又如师生以地为纸，用身体“写字”，共同创造“你 = 我 = 他”，“人 = 你 + 我 + 他”。再如，面向未来的 AI（人工智能）教育，即便 AI 是教育的长项也只是长在“知、记、读、背、算”等初级认知，诸如“想象、情感、沟通、合作、审美、思辨、创造”等高级认知却是其短板。李老师不自觉地弥补了AI教育的“短板”，学习场域新突破的本意不是让我们模仿这节创课，它旨在启示我们：为了实现一种新的教学可能，必须不断尝试不可能。愿我们教学人生中的每一课都出于“我愿意”，而不是因为“我别无选择”。尽全力争取最有创意的创课，也有勇气放下“昨天的故事”。只有在素日的寂静处积累，才能在需要热闹的时候闪光。

其次，师生联结新突破。“教学就是创造与学生的联结”，2018美国“国家年度教师”曼宁说，“‘创造与学生的联结’是教师给学生提供卓越教育的根本”。

无疑，上文创课的最大亮点就是创造与学生的联结。

教师从情感上创造与学生的联结。羊角辫女孩抬头望望李老师，童声童气地说，“你第一次给我们上课，我是不认识你的，你在我的心里是没有颜色的！”显然，孩子口里的没有颜色就是心里没有感情的隐喻。师生感情是零基础。教师怎样与学生建立情感联结？对话。“因为我看到你的眼睛里有我，你的眼睛很漂亮，就像我的眼睛，里面有自己的灵魂。”羊角辫女孩见李老师蹲下来，看着她，顺势追问，“李老师，我是什么颜色的呢？”“你是我未来女儿的颜色！”说完，李老师揽她入怀。教师与学生以心交心的言语对话，以心印心的肢体对话，水到渠成地创立了与孩子的联结，发出了“你是受欢迎的，你是我需要的，你是值得我爱的，你是我心目中要生养的孩子”的美好信息。当然，对话是一个意外的相遇，更是一场探险。教师与学生因对话而联结，而生情，而开放，而融通，进而为了在日后宽阔的世界中，成为一个不狭隘的感情丰赡的有素养的人做奠基。

教师从情趣上创造与学生的联结。上文创课中，教师不是跟着自己的教案走，而是始终跟着学生的情趣走。孩子们说去操场，她就去操场；孩子们说玩游戏，她就参与游戏。正因为孩子们的情趣被激发，所以从上文课例的每一个教学环节，每一个声音和机会中都能看到学生的潜能在迸发。

再者，教师从无畏上创造与学生的联结。显然，上文创课的新教师，没有任何前经验的束缚，这正有利于释放她的无畏。她灵动地让自己成为面对教学情境不确定时的勇敢者，去寻求备课范围之外的经历与体验。她主动走出课前精心准备的教材、教案、教法、教具等诸多舒适区域，不断访问新地方，倾听学生的不同想法，分享学生各自的观点，师生变得更加包容开放，更有创造性与生命力。她无畏创造与学生的联结，让观课的我也满怀创课的希望与冲动，仿佛在离金字塔三四百米远的地方，我俯了下身，抓起了一把沙子，任由它在稍远处安静地流淌下去，我轻声说：我正在改变撒哈拉。尽管我能做的事是那么微不足道。

教师从创造上创造与学生的联结。这里的创造指涉本课开展的游戏。李老师说“我们是一个人”，于是，“一撇”“一捺”，师生一起躺成一个“人”。接着，李老师和孩子们躺在操场上，用身体写字，字形不断变换……这一现场生成的“创造与学生的联结”的游戏，使得教师和学生都成了真正意义上的人。席勒认为：“只有当人是完全意义上的人的时候，他才游戏；只有当人游戏时，他才完全是人。”

最后，认识自己新突破。第欧根尼·拉尔修记载，有人问泰勒斯，何事最难为？他回答：认识你自己。尼采也讨论过这个问题，在《道德的系谱》中，他针对“认识你自己”的命题说了一段话：“我们无可避免跟自己保持陌生，我们不明白自己，我们搞不清楚自己，我们的永恒判词是，‘离每个人最远的，就是他自己’。”

我们怎样才能离自己最近呢？换句话说，我们怎样才能在认识自己上有新突破？相信孩子，孩子天生就是哲学家。他们朴素的童真离自己最近，不是吗？在李老师和孩子一起玩变换字形的游戏中，我们认识了自己——人，是靠自己站立于天地之间的；人，就是每一个“你我他”；“你 = 我 = 他”，人人平等。其实，我们若能像这节课一样以朴素的情怀看待自己，对待他人，就是认识自己有了新突破。“我”不想改变这个世界的什么东西，“我”想拯救的只有我自己，“我”只追求一份灵魂的安详，只传递一份明白和清凉，再没有别的东西。事实上，每个人能做到的也仅仅是这样：拯救自己。但是每个人的救己，才是真正意义上的救世。

下课了，孩子们发现操场上的“你我他”不见了，“人”不见了，但是“天”还在，“地”还在。“我们每个人都是天地间匆匆的过客”。“认识自己”启蒙的种子不知不觉播撒在了每个人的心中。

立于天地之间，仰望天空，我的心情更加朗润起来，无论那是碧空如洗还是乌云密布，满天星斗还是风雨飘摇。天空是无限的，它的影像从不重复，它是艺术。脚踏大地，我的心情更加平稳起来，无论是古往还是今来，无论是东方还是西方。大地是无私的，它种瓜得瓜，种豆得豆，它是大师。

和孩子们这样上《我选我》

◎周　毅

曾经在郭初阳的《一个独立教师的语文之旅》中，读到他对人教版二年级上册课文《我选我》的评点，很有意味。

文章大致是说班主任林老师在某次选举中有三处程序上的缺失：第一，关于选举这件事，林老师并没有事先通知班级成员；第二，主持会议时，林老师的角色相当于大会主席，她知道全班同学事先缺少充分考虑，本可以给出一段时间，让大家讨论，推举适当的被选举人，然而她没有；第三，即使是在如此匆忙的情况下开始选举，当有人以自我推荐的方式参加竞选之后，林老师还有挽回的机会。她应该发挥大会主席的作用，问问学生们：是不是还有别的竞选者？可惜，她依然没有。

今天就要上《我选我》的第二课时了，基于对这篇文章的阅读，我想在课的后半程试试那两个问题：劳动委员是干什么的？接下来会发生什么故事？

这几天，已经尝试着在班级里进行学习共同体的打造，不再有一个个问不完的问题了。

第一个问题就很大：先自由读读文章，然后两个同学小声交流：你读明白了什么？

交流时，我走到学生身边，侧耳倾听。

恩泽和媛媛说，王宁没举手就站起来说“我选我”，说明他很想当劳动委员。

石煜铭对马骏博说，教室里响起一片掌声，说明同学们很“同情”王宁……

第一圈巡视时，清扬和张煜坐在那儿，什么也没说；第二圈再走到他俩身边，两人已经讨论得很热烈了。

当然，全班交流前，我首先表扬清扬和张煜。学会交流了，真棒！这样的鼓励是在告诉那部分还不愿讨论的孩子：其实，你们也可以马上学会讨论的。

俞哲凯第一个汇报：“我觉得王宁很勇敢。”

文龙说：“李小青是一个爱集体、爱劳动的人，王宁是他的好朋友，平时也一定在向李小青学习，所以我觉得王宁做劳动委员很有基础。”（文龙刚理了一个很有趣的发型，光光的后脑勺中间有两条眉毛一样的留存。这是他那做理发师的爸爸的杰作。一看到他，我就想笑。）

恩泽和媛媛站起来汇报了。恩泽说，“首先我觉得王宁很自信，没经过老师同意就站起来说，他很想选自己。”媛媛则说，“王宁和李小青是好朋友，李小青劳动委员当得好，我觉得王宁也会当好劳动委员的。”

石煜铭和马骏博这一组当然要请。马骏博说，王宁以前是劳动委员……石煜铭马上帮着修改说，李小青以前是劳动委员。

我说，“你看，这就是共同体，一个说错了，另一个马上帮助。记住，你们俩是一个整体。”

我把注意点引向他俩刚才的讨论，“‘教室里响起一片掌声’，说明什么呀？石煜铭。”

“大家同情王宁。”她依然这么说。

很多反对的手举起来了，“是赞同，不是同情。”

我们用造句的方式来理解“同情”。

……

“谁来说说劳动委员是干什么的？”

“扫地、拖地的。”鑫炜说。

田唐说，“管理卫生的。”

文龙说，“劳动委员是要多帮助别人的，比如小朋友摔倒了，马上要去扶。”

哈哈！我笑了笑说，“扫地拖地、扶起摔倒的小朋友是每一位同学都应该做的。劳动委员要帮助老师一起确定劳动内容、劳动要求，安排搞卫生时的分工，还要负责检查、评比，是为班级和同学们服务的。”

“这个故事很长，我们课文中只选了一部分，你们每一个‘共同体’再讨论一下，接下来会发生什么？”我又问。

俞哲凯说，“可能会让王宁做劳动委员，那样学校会更卫生，也保住了李小青的职位。”（我又想笑了。）

文龙说，“接下去老师可能会问，你为什么不推荐别人呢？”

是啊，自己选自己也可以，推荐别人也可以。总算发现有一个孩子想到了“推荐别人”，而不是理所当然地认为王宁就是那个劳动委员了。

媛媛说，“接下去老师会说，老师觉得你可以成为劳动委员，但要把教室里的垃圾捡得干干净净的。”

我终于忍不住说了，“孩子们，谁当劳动委员是自己可以说了算的吗？是老师可以说了算的吗？我觉得林老师应该事先告诉同学们，班级里缺劳动委员了，然后，大家都可以参加竞选，到讲台上来说一说自己为什么要竞选这个职位，打算怎么做好劳动委员。也可以推荐别的同学成为候选人。最后，全班同学投票，谁票数最高，谁当选。就像美国竞选总统那样，谁会当选呢？很复杂，但他们都要演讲，然后由选民投票，明白吗？”

“那洪艾薇也可以去竞选美国总统了。”有人说。

大家哄笑。

“虽然艾薇是美国籍，但是在美国要由年满 18 岁的人先选出三种人，众议员、参议员、华盛顿特区代表，这三种人才有资格竞选总统；年满 25 周岁、成为美国公民已 7 年的人，才可以竞选国会众议员；年满 30 周岁、成为美国公民已 9 年的人，才可以竞选国会参议员。而且候选人在参选时必须在选区居住。”

“艾薇住在中国，没办法参加啰。”

和孩子们讲这些，估计他们听不懂。但有一点他们大概已经明白，选举不是一件随随便便的事，更不是哪个人说了算的事，这是一件和大家都有关的事，而且大家都有属于自己的权利。

今天的共同体学习，依然有一部分孩子进行了相互讨论，却没有勇气站起来与全班分享。慢慢来，不急，一点点改变，一点点进步。

相信孩子，相信明天。

把输出学习内容的权利还给学生
——《社戏》教后记

◎殷国雄

这两年，只要得空，我一定会翻翻奥地利经济学派的著作。其从个人出发的方法论、主观价值论的思想极大改变了我的教育教学实践。现在上课，我一定会先让学生结合文本，从字词句的理解到篇章结构、主题探究，提出各自的疑惑。只有每个学生输出自己的学习内容，教师为之服务，学习才可能真正发生。如果教师还是管制学习内容的输出，不去关注每个学生的困惑和需求，真正的学习仍不过是一句空话，再好的学习形式也只是实现教师自定教学目的的手段。

教学《社戏》选段，因为篇幅较长，我先让学生看文章第一节，提出他们自己的问题。

两个班学生的问题基本相似：为什么平桥村对于“我”是乐土？为什么要写平桥村的偏僻和人少？这两个问题都不难，其他学生很快回答：因为可以受到优待，还不用念书上学。有学生问：为什么母亲不能多日归省？我让他把第一节再读一遍。他仔细再读第一节，发现是母亲分担了家务，不能长久外出。我提醒学生，类似这样文中可轻易找出答案的问题是伪问题、假问题。

以此为范例，学生阅读全文，提出疑问，或把自己的发现以问答的形式记录下来，用于学习小组间的互问互答。

学生有几处关于文本细节的提问，记录如下。

“这时候，小朋友们便不再原谅我会读‘秩秩斯干’，却全都嘲笑起来了。”有人提问：既然上文说优待“我”，钓到的虾照例归“我”吃，这里为什么嘲笑“我”？学生分析后回答：这是笑“我”连牛也怕，是友善的笑。

“母亲却竭力的嘱咐我，说万不能装模装样，怕又招外祖母生气。”学生提问：装模装样是什么意思？有人回答：母亲让“我”不要显出焦虑的样子，怕外祖母担心。

“那老旦当初还只是踱来踱去的唱，后来竟在中间的一把交椅上坐下了。”学生问：为什么用一个“竟”字？我说：你自己说说看。他回答因为喜欢看老旦。教室顿时有了嘘声。我提醒他再看文章，他不好意思，连忙辩解说自己的原意是他不喜欢看老旦，这个“竟”写出了自己的失望和害怕，大家表示同意。

这些问题，看似琐碎简单，却是极好的细读文本、勾连前后的训练。学生有安全感，觉得自己的疑问有价值，会被教师和同学珍惜，能被倾听和理解，自然愿意深入文本，提出高质量的问题。

在二班上课，王昌盛被点名起来提问，他表示没有问题。我说：“那我有问题，你要是答不出，按照惯例，个人积分扣掉八分。文章前后都有写双喜说‘我写包票’，这两处的含义一样吗？”他想了想，放弃，接受被扣分。

对此问题，小组交流讨论。发言学生以为，前面“写包票”是讨好，想带迅哥儿去看戏；后面的“写包票”是自豪自得，因为双喜带着“我们”平安归来。

也许是怕被我提问，学生接下来的提问和发言质量好很多。

一班刘思影和二班张齐腾提出同一个问题："为什么'我们'这白篷的航船也不愿意和乌篷的船在一处？"

开始学生都归因为贫富差距，"我和小伙伴们"讨厌那些有钱人，甚至有人以为乌篷船会掉漆，白篷船会染色。我布置小组讨论，有学生分享新的发现："我们"是小孩，不愿意和大人一起，因为和大人一起不自在。又有学生根据"土财主"的称谓，觉得迅哥儿他们也看不起土财主；还有学生结合文中"没有空地"，认为迅哥儿他们停在远离戏台的地方，是不愿意和乌篷船挤地方。

一班沈媛竹结合课文结尾段提问："为什么以后没有吃到那夜似的好豆？"学生总结归纳如下：吃豆的过程刺激好玩，自己偷自己做，半夜回家，大家肚子饿，觉得什么都好吃。我和学生都想到了冯骥才的《俗世奇人》中关于狗不理包子的情节：慈禧的手下被买通，正是饭点的时候，他们送上狗不理包子给慈禧，狗不理包子的味道显得特别好。

关于豆子好吃，有学生还认为是迅哥儿感受到小伙伴的友情。我让他给出理由。结合文本，他给出以下理由：阿发偷自己家的豆子给大家吃，让"我"做最轻松的劳动——剥豆子。我再问：除了小伙伴外，还有其他人的情谊吗？他说还有六一公公，他被偷了豆子，不生气，反而感激"我"，送豆子给"我"吃。我继续发问：为什么六一公公感激迅哥儿？二班的金帆认为六一公公的感激是因为"我"读书人的身份，却忽视迅哥儿是城里人，六一公公觉得城里长大的见过大世面。"再没有吃到那夜似的好豆"，有学生总结，这句其实抒发了"我"对童年的感伤、对小伙伴的友情，以及对平桥村善良长辈的怀念。

我顺势组织讨论：为什么戏并不精彩，"我"也不再看到那夜似的好戏了？因为前面的铺垫，学生讨论顺利：看戏往返，"我"和小伙伴感受自由，心情愉快，感受到小伙伴的情谊。前往看戏，"我"眼中所见景物，表现内心的愉快和向往。回来路上,“那航船,就像一条大白鱼背着一群孩子在浪花里蹿”。学生比较“蹿”和前文的“跑”,发现“蹿”是又跑又跳,认为“蹿”表现船的速度快,也写出迅哥儿和小伙伴的自由与调皮。小伙伴的情谊表现在双喜想法子带“我”看社戏,小伙伴让“我”坐在船中央,桂生跑腿买豆浆,让“我”看戏。

学习完这篇课文,我布置了几道思考题:去的路上和回来的路上都有写到“笛声悠扬”,其含义是否一致?看社戏的往返路上,迅哥儿关注的事物有怎样的变化?为什么?

前一个问题,是训练学生的文本细读能力,折腾半天,最后学生总算发现前面的“悠扬”是表现即将看到社戏的喜悦,后文的“悠扬”是觉得老旦已经退场,还想再回去。

我受莫言的小说《大风》启发,临时生成后一个问题,没有想到,学生的表现非常好:去的时候,“我”多看景物,很少关注小伙伴,就算写到小伙伴,也是集体的概括描写,这是因为“我”那时最关注社戏,最关注自己的愿望;回来路上,“我”观察小伙伴,是因为“我”感受到小伙伴的情谊,所以具体写双喜、桂生、阿发。我最后总结:小说的景物描写,都是人物内心情感和认识的反映,从观察景物到观察人,也表现出迅哥儿的成长。

当然,此文的教学也有遗憾,课文只是节选,小说开端被删去。如果完整呈现,学生可对比少年迅哥儿和成年迅哥儿的看戏感受,以便深入理解。

思路是作文的翅膀

◎杜春蕾

“大家都知道，我在课前收集了你们的习作预习单，”我一脸严肃地对孩子们说，“我的预习单设计了三个问题：你要写的人是谁？他有什么特点？能反映这个特点的事例是什么？”

这是一节公开课，听课的教师来自全省各地小学，有一线教师，也有学校领导。在这种场合，大部分教师为了让学生放松下来，都会竭尽全力地在脸上堆满笑容。作为一名从教二十余年的老教师，我岂能不知道这个道理？然而我实在是笑不出来。

“然而，你们太令我失望了！”我继续沉着脸说道，“因为在你们的预习单上发现了巨大的问题，所以我不得不临时调整了我的教案……因此，我之前为这节课做的种种准备，可能都没有办法落实下去！”

听课教师露出十分感兴趣的表情——怎么说呢，近些年来公开课差不多成了一种“表演”，我既然做了临时调整，则无论我演技多高，都难免会有疏漏……如果我坐在台下，也是乐于见到这种手忙脚乱的情形的。

我抱着一种置之死地而后生的心态，开始了这一课的教学。

“先来看一下第一个问题的答案，这是我针对大家的回答画的一个统计图。”我打开一张幻灯片，这是一张饼状统计图，图上列出了全班 41 名同学在预习单上的选材情况。

同学们都伸长了脖子好奇地看着这张图，后排听课的教师也纷纷举起手机拍照。

“谁来分析一下这张图？”我问。

一个女生站了起来。“从这张图上看，我们班上选择写同学的有14人，写妈妈的有13人，写其他亲人的有6人，写老师的有6人，写陌生人的只有2人，而且这2人都写清洁工……”这个女生皱了皱眉，接着说，“由此可见，我们班的同学跟社会的接触还比较少……”

“分析得非常好！”我的脸上终于露出了笑容，“你说我们班上的同学跟社会的接触还比较少，指出了大家的要害！”

那个女生被我一夸，露出了羞涩的笑容。我却话锋一转：“可是，我们回忆一下这一次的习作要求——一个特点鲜明的人——这次的习作可不可以写一个陌生人呢？”

孩子们低下了头：“可以……”

“有改主意的吗？”我举起一叠书签，“奖品在这里！悬赏征集改主意的方案！”

一个男孩举起了手：“我想起我们家门口转弯的地方有一个卖早点的爷爷，我准备写他……”

“可以，”我递给他一张书签，顺便拍了拍他的肩，“好好写！想想看——他们都写熟人，就你写陌生人，光是选材，你就赢了大部分人一大截儿！”

孩子们大受鼓舞，陆续又有几个同学找到了可以写进作文里的陌生人。

“来，我们看一下你们眼里的妈妈！”我一抬手，打开了一张新的幻灯片，“试着读一读吧！”

孩子们很没劲地读起来：

妈妈勇于攀登：熬夜写论文。

妈妈无私奉献：帮我查资料查到很晚。

妈妈坚持不懈：考了很多次试没有通过，但是她没有放弃，后来终于考试通过。

妈妈对我很严格：她检查我的作业，发现了错误，大发雷霆。

妈妈很勤劳：经常打扫卫生。

妈妈很爱我：我生病了，妈妈送我去医院。

妈妈乐于助人：有一个陌生人买东西忘了带钱，妈妈就帮陌生人付钱。

……

"如果你是老师，你愿意改这样的作文吗？"我问。

同学们摇了摇头。

"我也不愿意，"我毫不留情地说，"而且我很想知道是不是所有的妈妈都像你们说的那么没劲，所以我今天中午采访了我们国培班所有学生的妈妈……"

听课的教师纷纷挺直了腰杆。

我打开一张空白幻灯片，说："于是，我知道了这样的一些妈妈——"

幻灯片上出现的第一个词语是"爱打扮的"，我问："你们谁有一个爱打扮的妈妈？"

一位同学迫不及待地站了起来："我妈妈就很爱打扮！有一次，我妈妈换了一个小时的衣服还没有出门……"

"我需要一些细节，"我非常感兴趣，"她都换了哪些衣服？"

"她先是换上一条黄色的裙子，后来又把黄裙子脱下来换成绿裙子，再后来又把绿裙子换成红裙子……一共换了七八条裙子……"

"她找到喜欢的颜色了吗？"我很好奇。

那个女生叹了一口气：“后来她还是穿着那条黄裙子去上班了！”

上课的同学和听课的教师都哈哈大笑起来。

“那么，”我问，“你的预习单上原来准备的是哪个例子呢？”

那个女生不好意思地说：“我原来准备的是妈妈熬夜写论文的例子……”

“现在，”我把脸转向全班同学，“我们来表决一下，你们是想要看她写的妈妈换一早上裙子的事呢，还是想看她写妈妈熬夜写论文的事？”

“想看换裙子的事！”孩子们高高地举起了手。

“换掉，好好写一写你妈妈是怎么梳妆打扮一个小时的！”我拍着她的肩膀说。

“来，回到大屏幕，”幻灯片出示了第二个词语——“爱玩手机”，“有没有爱玩手机的妈妈？”

好几个同学举起手来。

“举一个能证明你妈妈爱玩手机的例子出来！”

教室里一片沸腾，孩子们都叽叽喳喳地吐槽起了自己的妈妈……

大屏幕上的提示语让孩子们的思维一点一点地活跃了起来，我原本已经打算“上到哪里算哪里”，但是实际上后面的环节都进行得格外顺利。

这一次的习作我改得废寝忘食——毕竟，“爱玩手机的妈妈”“爱臭美的妈妈”“爱玩游戏的妈妈”“不会做饭的妈妈”以及“跟孩子抢电视看，抢输了还哭的妈妈”实在是太吸引人了……

何况还有“觉得自己很帅的男生”“动不动就脸红的女生”“一言不合就发飙的老师”以及“边做早点边唱戏的老头”“能在三米之外把你叫停的交通协管员”呢！

孩子们并非不会作文，很多时候他们咬烂笔头的根源只不过是思路没有打开而已——打开了学生的思路，就张开了一双双飞翔的翅膀。

你听见风声了吗

◎邓丽星

这是学习《你一定会听见的》时发生的事。

《你一定会听见的》是一篇自读课文，和往常一样，我准备一节课完成。课文不长，但课后“读一读，写一写”的生字不算少。尽管如此，我也让学生通过小组的分工合作的方法很快完成了。我以为课后“研讨与练习”第一题也会很快完成，因为我认为它不难。第一题是：“课文写了多种‘声音’，你用心听过哪些？说说你的感受。”没想到学生竟在这儿卡了壳，不管我如何提示，都无人举手答问。

我很纳闷，又有些着急，说：“这个问题，没有统一的标准答案，大家把平常听到的声音说出来就可以了！”虽然我十分着急，学生仍没回应。我很奇怪，课文描写了许多声音，别的声音没听过，水声、风声、人声总应该都听到过吧，为什么他们都不回答呢？也许平时他们真的没有静下心听过吧！课堂上常出现两种学生：一种是爱发言、积极发言的同学。他们爱说，却不爱听。要么发言，不发言就不听；另一种学生则是既不发言，也不去听。想想看，课堂上教师重视学生“说”的能力，注重让学生去展示，但我们注重教学生“听”了吗？虽不能说全都没有，但相比“说”而言，教师对“听”的重视程度显然要低很多。这么一想，学生说不出听的感受便在情理之中了。

该怎么办？该如何引导？我很着急，却不知道该说些什么；学生不应答，也没人举手。整个教室陷入了一片沉寂。

在寂静中，忽然有一种声音传来，很清楚，让人不得不听。它直直地钻入每一个人的耳朵，“呼呼……”那是风声。不知何时，教室外面突然刮起了风，风其实并不很大，只是因为教室里没有别的声音，而显得风声增大了许多。站在教室里，站在一片静寂中，第一个传进我耳中的就是这种声音。不少学生一定也听到了，因为我发现他们的头从课本上抬了起来，目光滑向了窗外。

我的心突然一动，这不就是声音吗？学生听到了，为什么不抓住时机，让他们描述现在听到的风声呢？这是多么好的教学情景呀！这不比用书上写的例子更鲜活更实际吗？我故意没说话，让学生安静地听了一会儿。我说：“大家都听到这风声了吧！”学生回答说“是”。我说：“那现在就说说你的感受吧！你对这种风声有什么样的感觉？”寂静的课堂突然活跃了，学生开始七嘴八舌地说了起来。我又趁机引导说：“大家七嘴八舌，谁也听不清，请举手说吧！”因为有话可说了，所以举手的人特别多。有的说风声讨厌，有的说喜欢，还有的用比喻或拟人手法描写了风。课堂气氛很活跃。因为有实物在，无须教师多说，只用耳朵倾听即可。学生们边听边说，边说边听，一堂课进行得非常顺利，学生一直很积极、很兴奋。这场突然而至的风，让我的课堂增色不少。我以风声为契机，不仅让学生练习了“说”，还练习了“听”，最后还让学生动笔进行了描写，收获很大。

其实课堂本该如此，教会学生“说”重要，教会他们“听”同样重要！我们的教学就应该充分激发学生全身的感官，不仅要会用眼睛发现美，更要用耳朵感受美。我们的课堂上不应当仅仅有教师的说教，还应当有风声、雨声、流水声；教学不应当只局限于课本，更应该适时开辟新的天地，在教学生成过程中，抓住一切可能的契机。这是一种机智，更应该是一种素质。作为教师，要多做跳出课本、联系实际的事，把语文课教得活一些，教得再实际一些。让学生多听见实际的“风声”吧！

埋藏在作业中的“学问”

◎张利军

著名作家契诃夫曾经写过一则猫和老鼠的故事。故事中的教授养了一只猫，在猫小的时候，这位教授为了训练猫捉老鼠，就把一只老鼠放进猫的笼子里。但是猫此前并没有见过老鼠，所以对它一点儿也不敏感，任由它吱吱乱叫，玩耍嬉戏。教授可不干了，就把这只猫痛打了一顿。第二天，教授见老鼠仍然满笼子乱跑，便又把猫打了一顿。第三天、第四天……这只可怜的猫，几乎天天挨打。最后，教授认为这只猫无药可救，就把它放了，任由它自生自灭。这只猫倒也争气，很健康地活了下来，好像一切正常；但是唯独一见到老鼠，它就浑身颤抖，逃之夭夭。

读过这篇故事，我们当然明白，教授之所以没有训练好猫，是因为他没有尊重猫的天性，教育的方法不对。借此反思我们的教育，是不是也经常会上演“猫和老鼠”的故事呢？譬如，为了让学生能够取得优秀成绩，不惜采用题海战术，一味让学生做题，左一套，右一套，根本不遵循学生的天性和教育规律。直到有一天，一次观摩学校某班的数学活动，才令我心思涌动，重拾起对教育本真的探寻欲望。

这是一节习题讲解课，学生的学习习惯很好，上课前大家就把自己做过的习题规整地摆在了桌面上。出乎意料的是，教师并没有逐题讲解，而是把习题的答案一股脑儿地投放在大屏幕上，让学生自己判断正误。

学生显然是训练有素的，他们各自拿出红笔来，一边对照答案，一边认真判断着。

“这是你们昨晚的数学作业吗？”我悄声问身边的一名学生。“是啊！”这个学生回答。“老师没让家长签字吗？”我看见这名学生的试卷上除了写着自己的名字，并没有家长的签名，才这样问她的。“老师从不要求家长帮助我们检查作业，更不用家长签下名字！”这学生回答道。听罢，我不觉有些吃惊：如今教师要求家长帮助检查作业的做法是司空见惯的，而这位教师竟然不提这样的要求，反倒令人吃惊了。

大约十分钟以后，学生们订正实习题，一个个端正地坐好，教学也随之进入第二环节：“看着你的错题，请认真思考，是什么原因导致你做错的，今后怎么改正？”学生们在教师的提示下，一个个凝神静思起来。随后，一只只小手高高举起，等待着教师的召唤。在教师的召唤下，一个小胖子站立起来，大声说：“这套习题中，我只错了一道题，是一道计算题，是马虎导致的。我把算式中的‘6’看成了‘9’。至于改正方法，我想今后认真一些就行了。”说完，他坐下了。教师深以为然，点了点头，嘴角露出了笑容。

“老师，我说！”一个头上扎着蝴蝶结的小姑娘不等老师招呼，迫不及待地站起来大声说，“我错了一道应用题，与老师新教的题型一样，当时我并没有真正弄懂，所以第二次做题时，又错了。我想我应该找同学、老师补补课，真正把这类题型弄清楚了，就不会再错了！”说到这里，小姑娘害羞地低下头去。“老师，让我来帮她！”“我来帮她！”……学生们争先恐后地举起手来，嘴里不停地喊着。“谢谢大家！谢谢大家！”小姑娘不停地表示感谢。教师看着这热闹的场面，又高兴地笑了。

“老师，我在这套练习题中，错了两道，分别是……”“老师，我错了三道……”学生们还在发言，语言清晰流畅，显然平时训练有素。大约一刻钟以后，学生发言结束，教师利用大屏幕出示了学生错题情况统计图。这是一个饼状图，用不同颜色表示出了学生错题分布情况，统计图下方，还用文字以条款方式简单标示出错题的原因。我惊讶于教师现场制作课件的能力，不觉掏出手机，将它拍了下来。

接下来的一段时间里，教师重点讲解错题统计图中错误频率较高的题目，他也不是自己讲，而是找学生当小老师到黑板前讲解。小老师讲得认真，学生们听得也认真，很快就将一道道习题讲解透彻了。只有在小老师遇到困难时，教师才会走上前去，或帮助他把语言衔接上来，或轻轻一番耳语，或在黑板上勾勒几笔，就能让讲课学生继续拾起话头，顺利地讲解下去。

最后剩下一点时间，学生们都拿出错题摘录本来，将自己出现错误的题目，一道道认认真真地誊抄在摘录本上。

我欣赏这位教师的这节课，不在于课堂结构严密有序，不在于尊重了学生主体地位，也不在于营造了融洽的学习氛围，而在于教师没有向家长要“正确答案”，没让家长协作检查作业。或许他不是有意将家长从检查作业中“解放”出来，但是他知道，要答案不是布置作业的真正目的，课后作业是为了帮助学生学会学习，学会反思，看清自己都掌握了哪些知识，还有哪些地方没弄清楚。把错题原因找到了，改正了，才能确保学生掌握知识。让学生、家长不择手段地确保作业百分之百正确，就好比《猫和老鼠》故事中的那位教授，方式方法不正确，就不能教会小猫捉老鼠，不仅达不到自己想要的目的，反而会离目标越来越远。

这就是埋藏在学生作业中的“学问”！

和春天约一堂课

◎鲁兆周

春困，到了下午，我总觉得昏沉沉的，浑身乏力。学生们更惨，尤其是下午第二节课，个个萎靡不振，小脑袋仿佛有千斤重，上下眼皮打得不可开交。唉，正是在父母怀里撒娇的年龄啊！看着一张张稚气未脱的小脸疲惫不堪，我心里真不是滋味。想起网上热传的帖子：为了庆祝难得一晴的日子，杭州市外语实验小学临时任性地决定把“出门晒太阳”作为周末作业。我也想领着同学们来一次“阳光浴”啊，只是……我了解这些上课打瞌睡的学生，他们大都中午不回家吃饭，被家长安排到“小饭桌”。吃过饭后，还得完成“小饭桌”老师布置的作业。“不要让孩子输在起跑线上”，这句话害苦了多少中国孩子啊！

下午第二节课是我的作文课，我教学生写《校园里的小花园》。课前导入刚步入佳境，小勇就支撑不住了，小脑袋一会儿侧向左边，一会儿侧向右边，摇摇欲坠；教室里偶尔发出的声响，也会让他一惊一乍的。瞌睡是会传染的，很快，又有几个小脑袋开始不规则地摇晃起来。我不再说话。同学们以为我生气了，连忙用胳膊肘推醒了那几个“小瞌睡虫”。“小瞌睡虫”们睁大惺忪的睡眼，满脸羞愧地望着我。我笑了。他们也憨憨地笑了。

小勇实在太困了，索性不管不顾地伏在桌上睡着了。我不让他的同桌叫醒他。突然，那几个“小瞌睡虫”不约而同地站起身来。

我很诧异，忍不住问他们：“你们为什么要站起来呀？”

“老师，我们站着听课。”

“老师，只要我们站着，就不会打瞌睡啦！”

我很震惊，继续问道：“这是谁教给你们的办法？是爸爸妈妈？”

“不是。在幼儿园，老师就这样教育我们。”

“我们还知道‘头悬梁，锥刺股’的道理。”

“头悬梁，锥刺股。彼不教，自勤苦……”学生们情不自禁地背诵起《三字经》，声音越来越高，越来越响亮。站着的那几个学生突然间变得精神焕发、神采奕奕，教室里重新焕发出勃勃生机。人生有四季，童年是春天，应该是鲜活的，是纯真烂漫的，是柳绿花红的，是天马行空的，是诗情画意的。童年应该干干净净地对世界说话……望着这些与我朝夕相处的学生，一种陌生感涌上心头。我看了一眼小勇。小勇被吵醒了，睁开布满血丝的眼睛警觉地看了下四周，见我没有丝毫责备他的意思，便又义无反顾地倒头睡去。

教室里传来一阵戏谑的笑声。我沉吟片刻：“你们有谁知道‘头悬梁，锥刺股。彼不教，自勤苦’的意思？”

涵涵说：“我知道。要想成为一个有学问的人，就要自觉地刻苦读书。”

娜娜说：“学习这件事任何人也代替不了，只有自己努力，才能取得成功。”

柔柔说：“现在我们有父母、老师的关心和教导，更应该好好学习才是。”

……

这还是蒲公英班的学生？当初，我把班名命名为“蒲公英”，就是希望他们像蒲公英，简简单单地生活，快快乐乐地学习。此时此刻，我听不到充满童真童趣的语言，感受不到跳动的童心，失望极了。

班长赵玫问我：“老师，我们还上课吗？”

我不置可否。如果还要坚持上课，不一会儿，“小瞌睡虫”们又会故态复萌。课堂上，我声嘶力竭地呵斥与言不由衷地激励，不亚于一根无形的鞭子，对他们而言，是一种身心折磨，迟早有一天，他们会丧失对语文学科的兴趣。同学们，我真想对你们说，信息时代，你们获取知识的途径，远远超出我们可怜的想象，只要有副好身板，随时随地都可以学习。更重要的是，真正的教育，绝不仅仅是知识的获得，还有知识获取过程中所养成的专注、兴趣、毅力、探究、合作、分享等生命体验。

“老师，我们现在干什么呀？”

赵玫的话打断了我的思绪。我说：“你们想干什么呢？”

“上午的体育课被英语老师‘霸占’了，老师，能不能还给我们一堂体育课呢？”赵玫不愧是班长，说话做事极有主见。

学生们蠢蠢欲动。

我无法拒绝：“我虽然不会教体育，但是带你们游览一下校园里的小花园应该还行。请大家不要大声喧哗，其他班还在上课呢。”

学生们很懂事，他们蹑手蹑脚地走出教室。我把小勇抱到办公室，打开空调，办公室里有中午值班教师自备的简易行军床，还有简易的被褥。安置好小勇，我飞快地来到小花园。小花园花团锦簇，几株海棠开得灿烂，如云似霞。春天，真好！阳光，真好！童年，真好！

当然，还真不能让学生们“马放南山”，如果被学校领导看见，说不定就会演绎成“教育事件”。这节课已经被我煮成了一锅夹生饭，夹生就夹生呗，还不如把这节课打造成“室外作文课”，让学生们边观察边言说“校园里的小花园”，或许会收获意想不到的“美丽”。看来，对教育，我虽常有奇思妙想，终究不能免俗。

“同学们，我们的作文课还得继续下去，”我说，“生活是写作的源泉。春暖花又开，春光无限好。请大家分小组去观赏小花园，寻找心目中最美的花草，仔细观察，努力用最美的语言描绘出它们的特点。5 分钟后我们在这儿集中，小组选派代表来展示。”

小花园由五个大花坛组成，中间的花坛呈圆形，一棵高大挺拔的云杉矗立在花坛中央，朝南的枝叶非常繁茂，朝北的枝叶略显稀疏。

很快，孩子们重又聚拢来。涵涵个头不高，口齿伶俐。她说：“老师，我们小组观察的是海棠花。海棠花花蕾是深红色的，像一个个小灯笼，花朵是粉红色的。海棠花是春姑娘随手泼洒的胭脂，深深浅浅，近看宛如满天繁星，远看像一朵红云。”

秋怡课外书读得多，说话喜欢引经据典：“我家小区里有几株白海棠，更美！‘偷得梨蕊三分白，借得梅花一缕魂。’这是《红楼梦》中林黛玉《咏白海棠》里的两句诗，清新脱俗，把白海棠写活了。”

“秋怡，你走题了，我们观察的是小花园里的花草树木，”赵玫说，“我们小组观察的是紫荆花。我们还真没见过这么美的花！前几天，它的枝条还是光秃秃的，几场春雨过后，紫红色的花朵便扯满枝头，一堆堆，一簇簇，像赶来参加春天盛会的小蜜蜂，像节日里怒放的焰火，像春节燃放的鞭炮，花团锦簇，浑身上下居然没有一星半点儿嫩叶，太神奇啦！”

“真棒！”我由衷地赞叹，“瞧，美好的春光已经给你们的想象插上了飞翔的翅膀喽！”

“老师，我们小组观察的是冬青树，”娜娜有点羞怯，“这些冬青树与众不同，嫩叶太美了，居然是暗红色的，成片地向上生长，冬青树戴上了花冠啦！看着眼前的冬青树，我很自然地想起老师常说的一句话：‘野百合也有春天’。”

“老师，‘野百合也有春天’是什么意思啊？”致远问。

“野百合是自然界中不起眼的植物，它与奇花异草一样，也有春天，也有绽放自己最美丽的时候。同学们，万物平等，没有高低贵贱之分，就像眼前的紫荆花，在不开花的日子里，也许我们以为它就是丛生的、丑陋的灌木，谁会想到它竟然开出这么美的花！人也一样。就拿秋怡来说吧，以前学习成绩一般，可是，经过几年努力，她的成绩突飞猛进，秋怡就是紫荆花，在寒冷的冬天里积蓄力量，在春天到来之际绽放出娇艳、妩媚的花！”

秋怡羞红了脸。学生们不约而同地望着怒放的紫荆花，眼神里洋溢着憧憬和神往。

下课铃响了，学生们意犹未尽，在小花园里嬉戏、玩耍。我回到办公室。小勇不知什么时候已经醒了，没头没脑地问我：“老师，上体育课为什么不叫醒我？”

办公室里的老师们都笑了。

看门道——听小狐老师上课

◎唐泽霞

小狐就是童蓓蓓。

初见小狐，前卫、时尚，有一些张扬，甚至有一点睥睨天下的味道。她那板寸头、大白T的模样着实让我愣住了。倒是她不多话，也没有客套，像是熟人般爽快干脆："来听课是吧？没关系，坐在教室后面听就行。"

直接开课。六年级学生，大约23人，整本书阅读分享。小狐宣布发言规则：学生轮流上台，针对课前提出的问题进行分享。

第一个学生上台，说得有些随意。小狐一点点教他，比如速度要快一点，否则耽误时间。她指导得非常细致，甚至包括一些手势语的使用，说完后还请其他同学补充。轮到第二个学生，表现就明显好了不少。

刚开始，学生显然还没有真正进入状态：有忘带资料的，有没来得及准备问题的……小狐没有纠结于此，而是快速将学生带入阅读的轨道。在不知不觉间，学生已进入状态，课堂节奏顺畅起来，渐入佳境。

学生上台分享，下面的学生评论补充；由学生针对阅读内容提出自己独特的问题；为推荐这本书写促销文案；观看电影，从纯视觉的角度重新发现新信息……这些设计都很有创意，但课堂以学生为主、教师引领穿插为辅的组织形式，似乎并无特别之处。

让我感兴趣的，是小狐在课堂上的存在状态及她与学生的关系。课堂的状况瞬息万变、层出不穷，在教师所设定的规则与学生实际的状态之间，总是有各种各样的差距，小狐是如何化解这一矛盾的？当课堂出现短暂的停滞，甚至发生意料之外的情况时，小狐都能迅速反应，并以出人意料的方式扭转局面。

在学生理解和认识的基础上，小狐往往只是稍加点拨，稍加引导，并没有长篇大论，介绍自己个人的观点。课堂上，学生的交流与分享十分真实、自然，学生发言中常有真知灼见——课堂真正地激发了孩子。

我试着揭开课堂的表象，从内部进行观察。

重视规则。开课伊始，小狐说到发言规则，有一个学生插嘴："我可不可以不这样？"小狐当即否定。粗看教师有点不耐烦。后来小狐解释说，之前已经把规则说得非常清楚了，而这个学生惯于探底越界，断然拒绝是划清界限。规则形成之初，需要强硬。当大家在实施过程中感受到规则带来的好处后，就可以宽松一些。必要的规则其实能够保证更大的自由——规则便从原先的被遵守慢慢演变成一种习惯。所以回过头看，教师看似粗暴的回应，实际上是给所有学生做了一个示范：你没有听清楚，或者你听清楚了故意不遵守规则，你自己要承担后果。后来的课堂，没有人再对规则提出异议，那个最开始提问的男孩，整个课堂都十分活跃，多次参与讨论与分享，表现出色。

敢于隐藏。交流的环节，在学生还不能熟练运用规则的时候，教师的指导非常细致、严格。当他们掌握规则之后，教师就悄悄隐退。对于从不发言的学生，小狐老师偶尔提醒、激励；对于发言者，则要求他们用足够大的声音发言，先谈自己对问题的看法，再邀请其他学生补充。最后，由主持的同学宣布结束对这个问题的探讨。

一堂课下来，除了第一位学生略显拘谨生涩外，课堂上十几位学生的分享交流，都非常顺畅。看得出，学生很快掌握了这套规则，并享受由规则带来的自由。课堂变成学生探讨交流的平台。

教师在哪里呢？每当学生上了台，小狐老师便会走下讲台，蹲在过道中间，用欣赏的眼光专注地看着台上的学生，余光扫视着其他学生。偶尔，她会在一些关键的地方点拨一下。当学生按规则活动时，小狐老师便又隐形了。

掌握秩序。如果说起初学生的探讨是众声鼎沸，那么接下来的课堂是空前安静的：小狐拿出手机，按下录音键，学生一个个对着手机说出自己的问题，依次传递。首先，自我介绍“我是谁”；其次，提示页码“翻到多少页”；再次，提出自己的问题；最后，以结语结束。

这个环节很有仪式感。

就在手机的一传一递间，学生很有默契地遵从了这一游戏规则——拿着手机的手，是那么小心，生怕弄出一点点噪音。清楚明白地说出自己的困惑后，就将手机安全地放到另一个人摊开的手上，如此轮流，无一例外。课堂上，随着手机的传递，一方面是清楚而明白的质疑提问，另一方面则是静静聆听，安静之中又有一种严肃和认真。没有提问，就无从倾吐；没有安静，就没有倾听。

点燃热情。小狐在课堂上的情绪总是很高昂，她全身心地投入课堂，也享受着课堂。

学生讨论《记忆传授人》中城邦对待痛苦、对待药物的态度。小狐问：“假如我现在正处于癌症的晚期，十分痛苦，可不可以给我服镇痛的药，舒缓我的痛苦？”有几个孩子故意嚷着：“不可以！”小狐又问：“如果我现在得了普通的感冒，可不可以让我麻醉两天？”他们又起哄说：“可以！”面对刁难，小狐对着听课的我们自嘲道：“你们看，这些熊孩子就是这么爱我，他们这是要爱——死——我！”全班爆笑。等大家安静下来，她继续说：“是的，就是这样，一方面是‘爱’，这代表激情；另一方面呢，是极致的痛苦，那便是‘死’。世间生命，无一不是处于这两种状态之间。”

课堂上的小狐，不时打着响指提醒注意，不时“上蹿下跳”，高兴时就像是学生的哥们，严肃时又仿佛成了一个独裁者。

就这样，在师生零距离的课堂上，看似不经意，却引领着学生去理解并实践，体会规则的重要性，尝试自由表达、独立思考，鼓励大胆质疑、勇敢展现自我……

课后告别时，小狐欲言又止，她说看到我做了笔记。“我很想知道你听后的感受，如果方便的话，请如实写下来，我不想听过度赞扬的话，请务必说真心话，课到底有哪些不足，哪里存在问题……”其实，就算她不说，我也一定会写的。

于无声中听惊雷

◎李兴泉

我认为，课堂上教师不应只是严肃地站在讲台上，还要站在学生身边，去和学生一块享受文本。在教《悄悄话》这一课时，我没有向学生布置学习任务，而是拿了把椅子，微笑着，像一个老爷爷一样，懒散地坐到学生中间。我告诉他们，我今天就是他们中间的一个老爷爷，今天的课就从我这个老爷爷开始。

我这样做，不为别的，就是希望走到学生当中，而不是站在讲台上。

紧接着我便说："同学们，今天老师啊，可是一个耳朵不好使的老爷爷，希望你们在跟我说悄悄话时，声音别太小了。太小了，我可听不到。"

其实，这个时候我已经在上课了，学生已经在学习了。这和调糖水一样，糖一入水便没有一点儿痕迹。教师的高明之处不在于站得多高，而在于消除教师与学生、教材与学生的距离。没有一点上课架势的课，这课该怎么上？于是，我真成了一个老爷爷，脸上满是慈爱，让学生给他说悄悄话。学生们开始商量，怎样对这个眼睛不好、耳朵也不好的老爷爷说话呢？这个问题实质就是看图作文的教学目标：怎么说？说什么？

"我们考试了……"一个学生走过来对我说。

"啥？我听不清，"我装作很不高兴，"孩子啊，对爷爷说话，应该有礼貌啊！声音大些，爷爷耳朵不好！"

有别的学生提醒道："应该叫爷爷。"

那个学生叫了声："爷爷！"

"哎！听到了。"我笑了，并大大表扬了那位学生一番。

后来，我不断地转变自己的角色，变为奶奶、爸爸、妈妈、哥哥、弟弟，来考验学生的应变能力。这哪里是课堂啊，完全是一个大家庭，一个家中的亲人和他们可爱的孩子在对话。这就是生活化课堂。

最后，学生们相互转变角色，一对一地说。整个课堂就更活跃了，人人都在活动中，人人都在精心地策划着自己的一场精彩的对话，不时就会发出一波又一波的笑声。这就是语文课，语文课应在笑声中度过。

事实告诉我们：谁亲近了学生，谁亲近了自然和生活，谁就拥有了语文。这不假，这堂课就可以印证这一点。

师法自然，让语文回归生活，有更多人间的烟火味儿，这是学习语文的需要。任何大师都是自然的膜拜者，任何奇瑰都不是哪一个大师就能创造的，而是上帝之手——大自然创造的。自然，让语文回归生活，正如让鱼儿回到水中。语文回到了生活，才是语文，才更值得我们回味和品尝。我们总是把语文与生活隔离，让它孤零零地站在区区几平方米的讲台上，那怎么能行？在这堂课上，我把学生带入了生活。通过不断改变自己的身份，让学生不断感受真实的生活情景，从而完成说话的训练。在一部分人眼里，这哪是上课？纯粹是在玩。而我，就是希望让课堂再现生活，让游戏成为学习。语文课就应该是这样。教师手里就应该有一根棍子，用这根棍子来撬动生活，只有撬起了生活，语文课才有生命力。

关于"玩"，我坚信：语文素养是"玩"出来的。在一次"口语交际"教学中，我再一次别出心裁地将上课变为一次"亲人"之间的聊天。学生的口语交际能力在几次亲历亲为的实践中，得到了锻炼。我们的语文教学习惯囿于课堂，固于课本。学生们只能在小小的课堂里，在教师的驱使下听、说、读、写。本来有生龙活虎之力的孩子，在如此情形下，也只能沦为一个个木偶、一台台机器！可我不希望这样！我为学生们设置了一个可以亲近的场景，让学生们在这个场景中游戏，让他们撒了欢儿地玩，我的“口语交际”课，因而变得趣味盎然。上课成了“玩”，哪有学生不爱的？哪有学生说学语文味同嚼蜡？在我的语文世界里，语文没有苦涩，只有生活、亲近和乐趣。

教学生学语文，不如教学生“玩”语文，只要玩得开心，语文的学习自然水到渠成。语文学习的目的，不就是让学生的语文素养得到提高，能自如畅达地交际吗？这堂课，我已然达到了这一目的。我们还能说它不像课堂吗？没有组织，没有预习，没有课题的引出，没有教师大段大段的讲解，但效果却是显著的，这就是我想要的语文课堂。

以往，我们似乎已经习惯了用一根长长的鞭子将学生如羊儿一般地驱赶，却不愿意拿起撬棍去撬动生活，让学生快快乐乐地学语文。我的语文课堂之所以生机勃勃，其实还得归功于学生们绝佳的表现。正是他们精彩的表现使得我的课堂充满了生机和活力。更重要的是，因为在我这里，是孩子的真正的天地。在这里，笑声从没有断过，一浪一浪，语言和动作在笑声中，逐渐变得美妙，并渐渐符合礼仪要求。学生们走出课堂一个个变得彬彬有礼，能言善辩，多么难得啊！他们的精彩表现是从哪里来的？是“玩”出来的。我觉得还真抓住了学生爱玩的天性，让他们玩出了语文的真味儿。教师没有牵着学生的鼻子走，学生是自由的游客，在这课堂中，他们就像是在西湖泛舟一般，左也美景，右也美景；前也美景，后也美景，在这种情景下，不由人不醉。

好的语文课，不是教师嚷嚷着要给学生多少知识，而是顺流而动的自然，处处充满睿智的自由的游玩。在游玩中，学生们自由吮吸知识的甘露，他们欣赏知识，也欣赏自己，从而不断充实，不断升华。

无声中听惊雷，这样的课表面平淡，实则暗流涌动，奇崛无限！

第二章

有趣的教师

既为师者，必有其所长，然而不是任何所长都能博得学生的钟爱，取得令人满意的效果。每位老师在发挥自己的长处时，不可一厢情愿，应多多站在学生的角度，让自己的长处发挥出长期效益，既滋养孩子的现在时，也滋养他们的未来时。

“点石成金”的严师

◎纪　仁

说来奇怪，近半个世纪以来，我想得最多的初中老师竟是一位副科老师——音乐老师钱瑞炎。

1954 年我刚上初中时，音乐课是地理教员严瑞全兼任的。上课时把事先抄好的歌词往黑板前一挂，他唱一句我们就鹦鹉学舌般跟着唱一句，熟练以后再两句连唱，如此周而复始递进，直至能连贯唱出来为止。考试就是唱一首歌，很容易通过。半个学期后，换了一位刚毕业不久的女老师，圆圆的脸，圆圆的大眼睛，不管碰上老师还是学生，她始终面带微笑，那笑纯真又甜美，给人一种清新的美感，让人打心眼里感到舒服。

在我们这偏僻的小县城，何曾见过这般鹤立鸡群的人物？更让人忍俊不禁的是，用我们家乡话把“严瑞全”倒过来读就成了“钱瑞炎”。

可是，钱老师上课没有“继承”严老师的传统，而是完全变了样，根本不教我们唱歌，整天教发声，狠抓发声基本功训练。课堂上净是“呜……呜”“啊……啊”声。她还在旁边不停地示范，大声喊：“嘴巴要张圆，像我这样圆！”“嘴巴要张大，再大！”还要求我们下了课自己练习。

新中国成立初期，我们那儿还很封闭、保守，沿袭着“戏子”是下九流的陈腐观念，谁家愿意让孩子去吊嗓子？我们虽然不至于这么认识，但也觉得钱老师过了头，我们都长这么大了，难道发音说话还要从头学起？课堂上，女生羞窘地低下了头，男生的声音比蚊子声大不了多少。

过了一段时间，她又开始教乐理和我们听都没听说过的视唱和听写，就是不教唱歌。有个调皮鬼还为此创造出个歇后语“钱老师教音乐——只练不唱”。考试更是花样翻新，笔答乐理和自选一首歌曲演唱，只要努力，除五音不全的学生外一般都能顺利通过；听写就有点恐怖了，一支短曲她用钢琴弹三遍，你就得准确无误记下来。所幸依然是全班一起来，还可以相互壮壮胆；最吓人的是视唱，大家忐忑不安地在音乐教室外面排队等候，一个个被叫进去，从笔筒里摸出一个小纸卷，只给两三分钟的时间准备，然后就得顺畅地把上面的曲子唱出来。听写和视唱的内容是一些你根本不可能听过的外国舞曲之类，考的是真功夫，靠侥幸绝对过不了关。别说多数同学办不到，少数会的也早吓得浑身筛糠了。

最终成绩便是这四项的综合，班上能及格的没有几个人。同学们怨声载道：主科也就是一张试卷定成绩，把个副科搞得如此神秘和花样翻新，不是小题大做、成心整人吗？

不知为什么，一向乐于倾听学生意见的校领导，这次对我们的呼声却置之不理，对钱老师依然听之任之。钱老师也不为我们的抱怨所动，下学期的音乐课上依然我行我素，满面春风地继续喊：“嘴巴要张大……像我这样张圆！”考试也一如既往。

胳膊拧不过大腿，我们只好硬着头皮去学，去练。也许是习惯成自然吧，从第二学期起，听写、视唱不那么可怕了。直到有一天发生了一件事情，才使我们对钱老师刮目相看了。

那时看电影是最大的娱乐，每放一部电影总有一两支插曲能赢得年轻人的心，四处传唱开来。我们盼星星盼月亮，盼着《音乐学习》《大众电影》等杂志早点来，好照着上面的曲词学唱，偏偏它们总是姗姗来迟……升初二后，有一天学校包场晚场电影。第二天一早，大家走进教室就惊奇地发现，在教室后面的黑板上抄录着昨晚刚看过电影的主题歌，词曲俱全，那是几个同学分工听写的杰作。不用求人，绝大多数同学都能对着黑板哼出来，不大一会儿，就响起了全班大合唱。

大家这才回过味来，这都是“听写”和“视唱”的功劳。我们突然明白了钱老师的良苦用心！从此，我们班的学生始终引领着唱电影新歌的潮流，让高中那些大哥哥、大姐姐们羡慕不已。

尝到甜头之后，大家由讨厌、怕上音乐课变得盼着上音乐课了。初中毕业时，全班都会识简谱，半数同学会五线谱，乐理知识的水平和音乐素质绝不比今天电视歌手大赛中的某些歌手差。而且，破天荒地有一个同学吴德源考上了山东艺术专科学校（现为山东艺术学院）音乐科，那可是在全省也招收不了几个学生的“音乐殿堂”啊。面试时，他演唱的《桂花开放幸福来》还是我用笛子伴奏的。

钱老师也因为身怀绝技，有点石成金的绝活，被调往莱阳师范学院专门培养中小学音乐教师去了。初中毕业后，我虽然不大有机会接触键盘乐器，五线谱生疏了，但仍然拿到简谱就能唱出来，还曾指挥过千人大合唱。

严师出高徒，此言不谬。钱老师所赐予我们的不仅是音乐知识，而且帮我们把欣赏水平和眼界也提高了，很多同学后来成了组织群众文艺活动的行家里手。我能成长为一名极受同学欢迎的优秀教师，美育素养居功至大。这全是钱老师所赐！

我虽然是个物理教师，但教育遵从的规律是相通的。从教以来，钱老师授课的情形经常在脑子里“重放”，不时地回味、琢磨一下；当上一个有 3000 多学生的重点中学校长后，我十分注意培养名师，总结和推广他（她）们的绝活。

认真回忆起来，钱老师的绝活，首要是有深厚的专业基础，这使她那些超前和独具匠心的“招数”成了有源之水；更难能可贵的是，她对教育的热爱和执着的追求，全然不顾个人成败得失的全身心投入。那时条件有限，收集资料的渠道很少，别的学科从来没发过讲义，学校当时只有一台油印机，蜡纸和油墨也是从严控制的，住校生常常在后半夜看到音乐教室里的灯光，女生们早晨也常常在洗脸池旁，看到脸被油墨涂得像小花猫的钱老师匆匆忙忙赶来洗脸。她们知道，自己心爱的老师又是一夜无眠……

那时不像现在升学压力这么大，老师都用不着加班加点，单身女老师们课余时间或春游踏青，或结伴逛大街、到商店买块花布自己做衣服。钱老师见过世面，又精于设计，满可以过得滋润又潇洒，可她的衣服虽然时髦又合身，但经不得细看，那针脚足有半寸长，显然是匆匆忙忙赶制出来的。钱老师为此强辩说：“式样好看就行了，谁还凑到跟前看针脚？”钱老师把心思和时间都投入教学准备中了。

精诚所至，金石为开。有师如此，我们还能对音乐课无动于衷吗？

从教四十年来，我总觉得有一张圆圆的娃娃脸在对我微笑，耳畔不时响起“嘴巴要张大，张圆……”那富有魅力的女高音。

“钓鱼台”上的动听歌谣

◎童梅珍

每每同学聚会，说起最多的，不外乎班主任老师，再一个就是我们的地理老师。从我们学校毕业的学生，无论谁都不会忘记他。谈起他那独特的教学方法，大伙儿都不免感叹一句：老头，绝了！

为什么这个看起来并不起眼的小学科的老师，在所有人心里都是那么特别？他到底有什么样的“秘密武器”？

老头本姓康，其实并不老，起码在十几年前，我们读书那会儿，他还是颇为神采飞扬的。那时康师傅方便面刚流行，我们便给他冠以“康老头”的爱称。

“康老头”个子不高，理着短短的头发，穿着也不考究，但想在偌大的校园里找出他却很容易。他最明显的标志就是右手的香烟和左手的“小钓鱼竿”。

“康老头”是个大烟鬼，在校长看来，简直是学校打造“无烟校园”的头号公敌，无怪乎校长看见老头总是一脸无奈。无论他好说歹说，老头依然我行我素。学生经常会看到这一幕：老头在校长的怒火注视下，优哉游哉地踱向教室。走到教室外的过道上，从容地点上一根烟，晒晒暖暖的太阳，左手悠然地摆弄着他的“小钓鱼竿”。每到这时，教室里面会忽然安静下来，接着传出朗朗的读书声……

说起老头的教鞭——“小钓鱼竿”,历史可是相当悠久,不知道“打击”过多少幼小的心灵。老头应该是喜欢钓鱼的，从他每节课不忘带上他的“小钓鱼竿”就可以证明，因而我们戏称他站立的那方讲台为“钓鱼台”。但“康老头”的那根“小钓鱼竿”没有饵，全然一副“愿者上钩”的架势。“小钓鱼竿”摇啊摇，我们的头脑就得跟上节奏摇啊摇。

“康老头”的目光总是无比犀利，若是有谁一不小心开了小差，他便会不怀好意地笑眯眯瞅着你，直瞅得你汗毛直竖，但他从来不发火。因此，上“康老头”的课，大家必须极其认真，不然一不小心就成了“上钩”的那一个。如果回答不上老头自称无比简单的问题，最终导致“在钓鱼台上壮烈地晒成鱼干”，那可是件极丢脸的事情。

“康老头”的地理课虽没有魔法师点石成金的魔力，但有把课本忽地一下子塞进我们小小脑袋瓜子的神奇。当然，更为重要的，老头还有一个绝活，那就是我们津津乐道的“地理小歌谣”。

“康老头”说他前半辈子除了教音乐，还教过其他的所有科目，特别擅长的是物理。他确实天赋异禀。想当年我们考地理，不像现在的学弟学妹们可以拎着一摞子课本、提纲进考场，那时的地理考试，完全靠自己把整个世界的地理位置、地形、河流、气候、土壤、矿产等诸多要素，以及它们之间的相互关系全装到脑袋里。因此由不得你不赞叹，老头就是有那么大的本事，把所有的知识点都给你变成歌谣，每次上课都拿出几首，你跟着他一起哼哼唱唱，就轻轻松松地把偌大个世界给记住了。

“康老头”上课从不拿课本，也不拿参考书，想必他的心里已经装着整个世界了吧？我仍清晰地记得，“康老头”让我们回家用大纸板画上中国地图，把各个省份涂上颜色，剪下来（据学长“血泪控诉”，他们那时候更夸张，还得画在木板上，锯下来）。我们拿着那些纸板到课堂上，“康老头”兴高采烈地让我们逐一识别，还教我们唱“四川四川像‘青蛙’，湖南湖北女娃娃……”这样的歌谣。

当别班的学生还在为发现我们的祖国形状是只昂首挺胸的雄鸡而沾沾自喜时，我们已经在兴致勃勃地为各个省取绰号了。然后，很自然地，我们串起了第一首自编自创的歌谣，其中的乐趣，至今回想起来还让人不禁莞尔。接下来，别出心裁的各式歌谣成了我们地理课上最大的享受。过去这么多年，我还记得“辽吉黑在东北，鲁苏浙闽为沿海，冀豫鄂湘粤京广，秦晋瞭望琼与台……”“白云鄂博多稀土，提矾炼钢攀枝花……”“经向南北纬东西，东西20160”……

初中的地理课只有一年时间，我由于学了理科，后来的求学生涯与地理学科是越离越远，但不可否认，同学中有很多人后来选择了地理这一冷门学科，完全是由于崇拜“康老头”。而让人印象最为深刻的，莫过于“钓鱼台”来了个“不速之客”的事儿。

那一天上课前，不知是哪个调皮捣蛋的家伙从学校的草坪上捉到了一只小蜗牛，又将这个可爱的“不速之客”按在了黑板上。待到“康老头”带着他那独有的烟熏味走进教室的时候，那个“不速之客”已经在黑板上造就了一幅惊天地泣鬼神的“狂草”。

我们都屏住呼吸，低下了头，不敢看老头的眼睛。没料到，“康老头”一点也不惊讶，脸上仍旧挂着他那招牌式的、“老狐狸”般的笑容，不疾不徐地说：“哪个娃娃这么懂我老人家的心，知道我喜欢吃熏蜗牛啊？今天钓了这么可爱的一尾蜗牛来孝敬我？”

顿了顿，他继续说道：“这蜗牛可是好东西，它不仅营养丰富，味道鲜美，而且属高蛋白、低脂肪、低胆固醇，是富含20多种氨基酸的高档营养滋补品啊！别看它在中国，老被我们认为缓慢、落后；在西欧，它可是象征顽强和坚持不懈。在我老人家看来，它们还是天才的象征，大家若是不信，你们看——”

还没等我们缓过神来，老头已经化腐朽为神奇，在黑板上“嗖嗖”两笔，硬是把那些丑陋的爬行痕迹，改成了一幅中国地形图。随后，一首关于中国地形的歌谣从他口中飘出：“蜗牛爬过等高线，闭合曲线表海拔，密集曲线坡度陡，稀疏曲线坡度缓；蜗牛爬过山脊线，曲线从高往低突，蜗牛爬过山谷线，曲线从低往高突……”

我们诧异而又崇拜地看着他。“康老头”可能不会想到，从那一天起，他成了我们心目中的“英雄”，因为我们共同见证了一个奇迹！

“康老头”为我们创造了一个不一样的地理世界，虽然这个世界从来没有过多媒体的光影，没有现今课堂上常用的五花八门的辅助手段。他所持有的，无外乎一根鱼竿、一支粉笔、一张地图而已。但这个世界的五彩缤纷与动听悦耳，是你所意想不到的。

“康老头”那根让人羡慕又忌惮的“小钓鱼竿”，一直垂落在我们每个人的记忆最深处，摇啊摇。我宁愿相信，那是一根神奇的指挥棒，让我们在那段青葱岁月，在那片“钓鱼台”，聆听也唱出了最动听的歌谣……

“混搭”课堂

◎王国伟

张老师已过不惑之年，在学生眼里应该是“OUT”的年纪啦，可实际上，张老师魅力不减，在学生中人气超旺。只要是听过张老师美术课的学生，十有八九会成为他的铁杆粉丝。张老师美术课的最大亮点，是他的“混搭”课堂，经得起欣赏和回味。

混搭，即混合搭配，英文原词为 Mix and Match，本是时尚界的一个专用名词。简单地说，混搭就是不按常规穿衣打扮，以彰显个性与品位。混搭看似漫不经心，实则出奇制胜。

表面上看来，张老师此人很普通，平素也低调，言语不多，被人夸奖时还会显出不好意思的表情。可是，一旦登上讲台，他就像换了一个人，口若悬河，引经据典，激情迸发，活力四射，俨然二十郎当岁的小伙子。张老师自我评价是：台下赛绵羊，台上成野狼。

张老师“混搭”特色的课堂教学由来已久，不是为了迎合现在的学生，也不是“作秀”，真正是厚积薄发、才情流露的结果。多才多艺的张老师，学校好多活动都少不了他，不过张老师总是谦虚地说：“我是啥都会，啥都不行，门门通，门门松。”

身为美术教师，张老师绘画水平在当地属一流，名声在外，影响颇大。他多次参加过国家级、省级美术展览和竞赛，拿过不少奖项。他辅导的参加美术高考的学生遍布大江南北，国内八大美院都有，一些著名的综合性大学美术院系里也有。

大多数学生和老师不知道，张老师还有学习音乐的经历。中学阶段，他曾专门跟音乐老师学过一年半的声乐，音色接近蒋大为。可他骨子里还是喜欢美术，最终高考选择了考美术生这条路，音乐学习半途而止。

张老师还有一个长处，写文章。张老师写的不是文学作品，都是以自己的教育教学实践和职业生涯的感悟为素材，写成教育随笔，既有教育思想、方法的总结，又有人生哲理的传达，好读、实用而不枯燥。

罗列了张老师的诸多长处，不是我要帮他做广告，我只是想以此证明张老师的"混搭"课堂不是刻意的拼凑，装腔作势，全然是他多艺在身，经过消化吸收，发酵，内化之后，自然而然地流露和抒发。这样的"混搭"和谐而不生硬，丰富而不累赘，鲜活而不苍白。

张老师的"混搭"美术课，刚好契合了少男少女们追求个性、时尚的心理。美术课本来就是学生颇为喜欢的课程，再加上诸种"混搭"的魅力，张老师的美术课人气超旺，学生由衷喜爱。

张老师让音乐与美术"混搭"。音乐具有强烈的情绪感染作用，一边听音乐一边欣赏古画名卷，一边挥毫泼墨一边聆听天籁之音，绵绵乐曲牵引着学生进入画境，激活心灵，音韵之美与色彩之美融汇，乐曲的跌宕与线条的起伏呼应，唤起学生的身心共鸣。岂不美哉！

张老师让文学与美术"混搭"。美术是通过视觉感受和造型艺术播撒文化思想，实现美感渗透，在审美体验中获得知识与精神的双重升华；文学则以文字为元素，创构佳句美文，让读者收获知识，荡涤精神世界。在美术课堂上，张老师利用优秀的文学作品，如故事、诗歌、散文等，把优美的语言与动人的画境相糅合，充分调动学生的想象，陪伴学生一起诗意地穿行在文字与画面的审美空间。岂不美哉！

张老师让思想教育与美术“混搭”。思想教育很重要，但是不容易开展，又不能不开展。美术来源于生活，形象地反映生活，其中隐含了某些教育原理，也蕴涵着很多思想教育的素材，如在绚丽多姿的风景画中，学生可以感受自然与生活的美好，激发起热爱自然、创造美好生活的热情；在欣赏革命历史雕塑、绘画中，有助于学生树立起崇高的理想。张老师艺术化地将思想教育贯穿于美术课堂教学，赋予生硬的道理以美的形式，让学生于审美享受中自然而然地接受，逐渐形成自觉。

“混搭”课堂类似于学科教学的跨界合作，魅力独具。当然，“混搭”不是乱搭，是需要有胆量、有底气、有功力的教育教学实践，需要教师具备多学科的知识与技能，方能融会贯通，自由挥洒。我自知比不上张老师那么多才多艺，但我愿以他为模范，以他的教育教学水准为标杆，努力去追求课堂的“混搭”魅力。

“懒”师带班，轻松如歌

◎谭现锁

当老师近二十年，同事们都说我是“福将”，不管带哪个班学生都很听话，没有特别难剃的“刺头”。像我这样的好脾气，有这样的班风很难得。我很自豪地告诉他们：这是缘分，因为我“懒”，学生才争气。“穷人的孩子早当家”嘛！说实话，哪个学生也不是天生的“刺头”，“刺头”都是炼出来的，不给他机会，他还会成为“刺头”吗？班里学生争着不当“刺头”，那我这个“懒”班主任可就一路春风一路歌了。

我是不是该安静地走开

这是一节队会课，主题是“感恩母爱”。我先请出学生主持人，队会正式开始。先由代表我班参加庆祝“三八”国际劳动妇女节演讲的王静同学做“感恩母爱”的演讲，接着是“母亲对我的爱”“我如何报答母亲”“对母亲的祝福”“送给母亲的礼物”等环节。轮到学生讲述生活中母亲对“我”的爱这一环节了，学生们似乎有所顾忌，举手并不踊跃。是不是因为我在场？我悄悄地走出了教室。

估摸着这个环节的时间差不多了，我转回来，听见教室里不时传出热烈的掌声。走进教室，只见高慧杰同学正泪流满面地在讲述，下面的学生有不少眼圈红红。看到我，高慧杰一怔，赶忙用手去擦眼泪，我说了一句“继续吧”，就又走出了教室。教室里传出的一阵高似一阵的掌声告诉我，那里爱的氛围已经浓得化不开了。

接下来的几个环节，虽然我在场，但学生已经进入状态，纷纷动情地诉说自己对母亲的爱、想如何报答母爱，我也被感动得几近哽咽。

这无疑是一节很成功的队会课，成功的主要原因是我的“懒”——让学生自己主持，并且适时地离开现场，给学生留出一个倾泻情感的自在空间。课后，我让高慧杰将在队会课上的讲述写出来，后来这篇文章在报纸上发表了，题目是《笨妈妈的爱》。这是又一个收获，真应了那句话——无心插柳柳成荫。

请让我来帮助你

在我们班，互相帮助已经成为学生的一种习惯。南疆春天天气干燥，风沙大，空气质量差，我要求学生每天拖地。不过，拖地不在值日生的责任范围内，大多是在我的课堂上学习比较好、做题快的同学自愿来做。起风沙的日子，关上门窗，教室里是清新的小环境；晴朗的日子，敞开门窗，暖风徐来，教室里同样是清新的小环境。

很多时候，学生还帮助我呢。比如，学校要求班主任在学生做广播体操时跟在学生队伍后面做。我本来身体协调能力就差，又对儿童广播体操不熟悉，刚开始跟着学生照葫芦画瓢，动作笨拙滑稽。学生发现后都回过头来看我，班级的做操质量大打折扣。

我回到教室就给学生们布置了一个任务：教我学做广播操。教不是在课外或另抽时间，就在做操时间；教也不是一个学生教，而是全班同学教。教的方法就是学生们动作做规范，我按他们的动作认真学习。我还告诫学生：千万不能误人子弟！

这么一来，学生做操时格外认真，生怕把我这个“学生”教错了。可以想见，我班做操的质量有多好！

在互帮互助的氛围里，我们班的每项工作都是团队协作完成的。黑板报、队报、广播稿、晨午检、课文抽背……都有同学争着做。当然我也没闲着，我不是请音乐老师来班上搞了一个合唱兴趣班嘛，还请了在比赛中拿过奖的老师来班上辅导学生演讲嘛……

故事里有是是非非

我对故事情有独钟，所以我的班级管理中少不了故事。有时班会课上成了故事课，伴随下课铃声，常常是学生的一声叹息：唉，又下课了！

一次语文课上，进行到课文讨论探究环节，两个同桌的学生为争执一个问题竟然站起来，两人脸蛋儿通红，你瞪着我我瞪着你，像两只斗架的小公鸡，谁也不服输。

学生们先是吃惊地看着他们，然后惊恐地看着我。此时此刻我该怎么办？当消防队员“高压灭火”？等平息下来可能已是“乌烟瘴气”；当包公当即“升堂审案”？等把案子审清，一节课时间也过去了；还是让他们站到后面强行“隔离”？那他俩这节课就“泡汤”了。何况他们是为了讨论问题而争执不下，这样处理显然会伤害他们的积极性。

我开了口：“在一次记者招待会上……”学生的目光都集中到我身上，不知老师葫芦里卖的什么药。那两个起争执的学生也平静下来看着我。

我把故事继续讲下去：“在一次记者招待会上，有一个美国记者看到周恩来总理手里拿着一支‘派克’钢笔，就向周总理发难：你堂堂一个中国的国家总理，连用的钢笔也是我们美国的产品。言外之意，你们中国太落后，这话明显带有挑衅性，同学们说周总理这时候该怎么办？让警察把他撵走？把他打一顿？”学生们都摇摇头。

我接着把故事讲下去："周总埋温和地对那位美国记者说，说起这支派克笔，还有一段故事呢。这是一位从朝鲜战场上回来的朋友送给我的，他说这是在朝鲜战场上缴获美国俘虏的战利品，送给我留作纪念。这是什么意思呢？周总理针锋相对，你美国再发达，还是我们中国的手下败将。美国记者偷鸡不成反蚀把米，把自己搞得灰溜溜的。同学们，我们是不是要学习周总理啊，处理问题要用头脑，不能动不动就用'打仗'的办法来解决问题……"不知什么时候，两个争执得不可开交的学生已经坐了下来。

故事教育比之枯燥的说教，更容易让人接受，这省去了我天天找学生谈话的烦琐，也省去了忙着当"消防员"的辛苦，更不会有按下葫芦起来个瓢的尴尬，这"懒"还是值得了！

逼出来的背书绝活

◎方西河

亲其师，信其道，教师也要打广告。我一直认为，教师如果没有绝活，学生是不会特别买账的。每次接手一个新班，我都要把我的绝活亮出来。多年来，这已经成为我的拿手好戏，也收到良好的效果。

我的绝活就是背书，我不但能做到任何一段文字看三遍就背得下来，还能背下《水浒传》《三国演义》《红楼梦》的回目。说起来可能有人不信，这些都是被学生“考”出来的。

一考定“乾坤”

记得那是2002年，有一次我教《迷人的张家界》。这篇课文文字优美，我要求学生选择自己喜欢的内容背诵。课堂上我边读边背，一节课不到，就把全文背了下来。谁知，中队长首先发难：“老师，我不相信您能背得这么快，肯定是昨天晚上背熟了的。”“对，肯定是背熟了的。”同学们也附和道。

面对一双双“愤怒”的眼睛，我仿佛是个弄虚作假者被当场抓住了把柄。为了重新树立我的“光辉形象”，更是为了给这帮“乱臣逆子”们一点“颜色”看看，我清了清嗓子，说：“好吧，既然大家不相信，下节课我就来一个背书考试，内容为你们的课外书，要求是看三遍就背出来。”

教室里顿时欢呼声一片。下课了，学生们聚在一起兴高采烈地议论：“这回老师要出洋相了。”“老师背不出来，我们就可以不背书了。”

考试开始，我拿着《掌中宝》《小学生作文选》《哈利·波特》凝神静思，读完一遍便试背，没记住的再看一眼，之后再背第二遍。当我背完这 3 本书中的 3 个段落后，不知是谁说再连起来背一遍，我只好照办。当我再次流利地背完这毫不相关的 3 个段落时，教室里响起热烈的掌声。

真是一考定“乾坤”，学生们对我佩服得五体投地。我也趁热打铁，要求大家把今天的事情写下来，结果，大家的日记写得都很棒，90% 以上的日记条理清楚，主次分明，字数也在 400 字以上，还有不少学生日记超过了 600 字。从此以后，学生课外阅读及背书的积极性空前高涨，家长纷纷打电话表示感谢。随后的一年时间，全班共有 15 人在省市级报刊上发表文章 20 余篇，居全校之首。

再考练“绝招”

之后，每接手一个新班，我总是先把任何一段文字读 3 遍就能背下来的“绝活”表演给学生看，然后一鼓作气地介绍自己背书的“秘诀”，弄得学生们跟着我背起书来，回到家还不停地帮我向家长广而告之。这样，学生们的阅读兴趣提高了，家长也积极配合，语文教学自然就得心应手了。

2005 年，我又接手一个新班，开始新一轮的课外阅读训练。这次，我把学生的课外阅读定位在传统文化的范畴，要求学生阅读《水浒传》《三国演义》《西游记》等古典名著，因为小学课本里都有出自这些名著的课文，读全本更有利于他们对课文的学习。我经过反复阅读发现，这三大名著中，就语言来说，《水浒传》最接近口语，适宜初读；而《三国演义》半文半白，对今后学习文言文有益；读《西游记》则可以使自己的语言更加精彩。我计划让学生从四年级开始，每年读一本，六年级小学毕业时把3本名著读完。

计划有了，最关键的还是要激起学生的兴趣。我把《水浒传》中最精彩的故事讲给大家听，果然，学生一下子就被故事吸引住了，都想知道这故事是从哪里来的。我拿出《水浒传》，翻到相关章节，让他们传阅。下课了，我故意把书收走，说："要想自己天天都能读到它，还是每人买一本吧。"不久，书都买齐了，但是，有些学生没看几页就厌烦了。也难怪，他们平时看的多是图多文少的书，现在一下子要把那么多万字的《水浒传》读完，谁没有畏难情绪呢？学生们纷纷叫苦：小说太长，看不完；人物和事件太多，记不住。我耐心地倾听学生们的诉说，没有急着发言，不知是谁喊了一声："如果老师能把《水浒传》的回目背下来，我们就有信心了。"

这可是一个难题！之前我表演了读三遍就背的绝活，但那只是强记能力强而已。这次要背下《水浒传》的回目，真是逼我上梁山啊！虽然极不情愿，但民意不可违，我说："好吧，给我两个月时间，如果我把《水浒传》的回目背下来了，大家就读《水浒传》；如果我背不下来，大家就别再读了。"学生们同意了。

我开始认真地读《水浒传》，边读边记回目，每读完一回，又对前面的内容进行巩固，如此循环，终于用一个半月的时间把所有回目背了下来。后面的半个月就是总复习，自我检测，查漏补缺，直到背得滚瓜烂熟。两个月的期限到了，那天，学生们都拿出《水浒传》，眼睁睁地望着我。我把回目先从头到尾背了一遍，再从尾到头背一遍，又由学生随意抽背。当我一字不错地背完100回的回目后，教室里响起热烈的掌声。有学生问这样读书有什么好处，也有学生问能背下这么多的回目到底有什么秘诀。我说："能背下回目，就说明你对全书有了更完整的了解，这样，你不但能听懂别人对全书的讲解，更重要的是自己也能给别人讲解全书。至于我有什么秘诀，一个字，读！"为了证明我的观点，我让学生看着自己的《水浒传》，听我讲书中精彩的故事。当我把这些精彩的故事一个个地讲出来时，他们终于明白了这种读书方式的妙处。

就这样，大家信心倍增，也开始照着我的方法读起《水浒传》来。不少学生也能把回目背下来，讲起《水浒传》来头头是道，我暗自高兴。一年过去了，他们又开始读起《三国演义》来。我也是先把 120 回的回目背了下来。恰逢某教授开讲座讲《品三国》，学生边读原著，边听讲座，更加体会到我教的读书方法的妙处。在班上举办的《三国演义》故事会中，他们也津津有味地介绍着自己的体会。

后来，我也照着这个办法背下了《红楼梦》的回目。练就这些"绝招"，不但把学生引进了阅读的殿堂，我也借此机会补了文学名著这一课。对我们师生来说，收获真非一言可道尽。

春风化雨好故事

◎颂　善

陈老师是我初中时的班主任。在教育学生方面,他的方法很"另类":不打不骂，也不讽刺挖苦，更不会动不动叫家长……他常说:"这个年龄，得允许学生犯点儿错误。学习本身就是一个不断认识错误、纠正错误的过程;只要不是重犯、屡犯，就是在学习，就是在进步，就该给点奖励!"只不过,这种"奖励"特殊了点:不是送礼,也不是无原则的赞扬,而是"讲故事"!

不信?你看，陈老师已经走上讲台，又要开讲了——

鲜花与牛粪

下午，班长来报，徐飞和胡仿文因琐事公开对骂，差点大打出手。陈老师问清了原委，没有立刻把他们找来，进行一番批评指责，而是在班会上讲了一个故事:

苏东坡与和尚佛印是一对好朋友，二人经常在一起探讨学问，谈经论道。有一天，两人又在一起打坐静修。苏东坡自认为修行得不错了，就问佛印:"禅师您看我坐在这里像什么?"佛印称赞他说:"居士现在的样子就像一尊佛呀!"苏东坡听了心里很得意。这时，佛印反过来问他："你看我坐在这里像什么？"苏东坡生性幽默、诙谐，故意打趣佛印："我觉得您的样子就像一堆牛粪！"佛印听了一点也不生气，照样是笑嘻嘻的。回到家后，自以为占到便宜的苏东坡得意扬扬地跟家人讲了这事儿。苏小妹听了，笑道："哥哥还得意呢，你已输给佛印了！"苏东坡不解，小妹说："因为佛印心中有佛，所以世间万物在他看来都是佛；而你没有修行到家，内心肮脏，所以看到佛印会想到是牛粪。"苏东坡一听傻了眼，懊悔不迭……

"这个故事告诉了我们什么道理呢？"在同学各抒己见、畅所欲言的基础上，陈老师总结道："其实，我们的言行就是心灵的一面镜子。当我们骂别人是一堆牛粪时，我们的心中首先充塞一堆牛粪的形象，我们的心灵首先被这堆牛粪所玷污；而当我们说别人是一尊佛或一束鲜花时，我们的心里就先有一尊佛或一束鲜花的形象，我们的心灵就会被佛的光辉笼罩而得到净化，或者被鲜花的芳馨浸润而留有余香！你们说，是吗？"徐飞和胡仿文满脸通红，低下了头。

自此，班中骂人的现象渐渐销声匿迹。

阳光总在风雨后

最近，班里的学生喜欢在课间谈论歌星影星的趣闻轶事，收上来的读书笔记上也贴满了明星的照片……应该如何制止这股追星歪风的蔓延，给学生以健康思想的启迪和熏陶？

陈老师自有他的"绝招"——讲故事。这天语文课，他竟然讲起了追星：

"歌星，一曲唱罢天下闻，名利双收；影星，一部影片红遍全国，人人追捧……明星，光彩夺目，星光四射。谁不想成功？谁不想一举成名？

谁的心中没有这样的理想抱负？但是，人们只看到他们璀璨光环的外表，有谁想到他们成功背后的艰辛？他们的成功之花，也是他们的汗水、泪水，甚至血水浇灌的……就说成龙吧，现在是香港影坛的‘大哥大’，地位尊崇，有谁了解他成功的艰辛？ 20 世纪 70 年代，成龙的演艺事业还没开始，整天在片场跑龙套，想演个角色比登天还难。为了能上荧幕，成龙天天打酒给担任编剧的古龙喝，希望能演个小角色。古龙跟他说，你看你长得那样，鼻子那么大，整个脸都给占满了，上荧幕给观众就看你的大鼻子啊！直到古龙死了，成龙也没演成电影。成龙没有自暴自弃，反而更加奋发图强，最后取得今天的成就。就像他在歌中唱的那样：不经历风雨，怎能见彩虹？没有人能随随便便成功！没有昨日的拼搏努力、奋发图强，哪来今天的辉煌成就？……我们追星的目的，不是空想他们今日的辉煌，而是要学习他们当初的奋斗和努力！”

“当明星，做演员，并不像我们想的那么容易，”陈老师继续说道，“首先，他得把所有的台词背会，烂熟于胸；然后，把台词结合自己的情感、动作绘声绘色、活灵活现地表演出来。你有没有这方面的天赋和潜力，能不能成为以后的明星？现在就在我们的课堂中展示出来吧，这也是你们最好的学习机会！下面我们一起来学习《社戏》中双喜和六一公公对话的几段文字，看看哪位同学能把双喜活泼机灵、六一公公热情爽直的性格声情并茂地朗读出来，表演出来……”学生踊跃举手。

怀揣梦想上路

陈老师有一双“火眼金睛”。当他发现班上个别学生思想上掉了队，开起了小差，浑浑噩噩地过一天算一天时，就会及时地为他们敲响“警钟”：

有三个泥瓦工在建造一座教堂。一个行者路过这个工地，问其中一个泥瓦工："师傅，您在干什么？"他回答说："你看不见吗？我在砌墙，因为砌墙我才能拿到工资，才能养家糊口，解决我的生活。"行者又问旁边第二个泥瓦工同样的话，而第二个泥瓦工回答说："我在建造一座教堂，因为这儿方圆十里都没有一座教堂。我们都是上帝的信徒，我要为我的家人、我的亲戚朋友、我们这一带的父老乡亲建一个心灵的寄托所。"行者又到不远处第三个泥瓦工面前问道："师傅，您在干什么？"第三个泥瓦工回答说："我在实现我的梦想，要建造世界上最美丽的教堂。"数年后，三个泥瓦工谋着不同的职业，过着不同的生活：第一个泥瓦工依然还是泥瓦工，而第二个泥瓦工成了一个牧师，第三个泥瓦工成了世界上闻名的建筑师。

"我们要做哪一类人？应该做哪一种人呢？"陈老师画龙点睛般地总结道："人生之路如何行走，虽然选择权在你的手中，但在每个人的心中一定要有坚定的信念，远大的梦想！有梦想，就能创造奇迹！带着梦想上路，扬帆起航，努力开创属于自己的人生道路！"

陈老师的故事真的好多好多，讲也讲不完……讲故事，寓教于乐；说道理，春风化雨！愿更多的孩子在这样的教育下，健康快乐地成长！

当个教书匠又何妨

◎谢小芸

看到“绝活”两字，我的脑子里就冒出了“江湖艺人”。小时候村里来了玩杂耍的，全村老少都会去观看，那些江湖艺人的表演总能博得围观群众的热烈欢呼。而以前村里凡是手艺好的工匠师傅，我们会称之为某某匠，作为对他手艺的褒扬，其地位绝对是受人尊重的。而在教育领域，一说到技工、教书匠，倒似乎成了“低水平”“低效益”教师的代名词。今天，在学校的诸多同事中，有绝活的不少，可其中能让学生欢呼雀跃、心服口服的却不多。当我们在为自己的拿手好戏暗暗窃喜时，学生却漠然视之，这样的“绝活”有何意义呢？如果我们当教师的，也能获得如上述江湖艺人、工匠师傅所受到的那般重视与尊重，被称为教书匠又有何妨！在我的记忆中，这样的老师有两位：葛老师和小陈老师。

“山寨王”爱讲故事剧

之所以称葛老师是“山寨王”，是因为全校就他一个教师。此外，就是我们这些一刻不肯停闲的小猴头和葛老师的最爱——一条叫阿黑的小狗。

葛老师为人幽默，平时最大的爱好是养狗、驯狗，再一个特点就是特能讲故事。记得那时候，葛老师在课后，或是当堂该讲的内容都讲完后，就让所有的学生（几个班都在一个教室里上课）把笔放下，他开始讲故事。

在那个没有电视机、收音机很少、课外书匮乏的年代，他讲的故事总能深深吸引我们的注意力。而且，葛老师讲故事有一个特点，就是每次故事的开始部分相同，过程却各不一样。那时很多学生喜欢上学，很大一部分原因就是为了听葛老师讲故事。

可能是那时的课业负担不重，看似重要的教学内容也没有现在多，大家来上学无非就是认认字，能算数，所以除了语文和数学外，其他课程都是葛老师自己开发出来的，拿现在的话来讲就是校本课程，其中一项是——驯狗。这当然是在我们表现好的时候。哪个学生上课表现好，考试考得好，就有机会跟阿黑握手。葛老师只要对阿黑说一声“握手”，阿黑就会主动翘起前腿站起来，伸出一条腿给那个同学。

课间，葛老师会和我们一起预测阿黑从学校出发，沿着村路跑到我们村最远的水稻田，再跑回来所用的时间。特别是冬日，一大群人沐浴着温煦的阳光，遥望着远去的阿黑的背影，再来上几组“挤猪油”（农村的一种游戏，就是一大群人背靠着墙排成一排，分别从两端向中间挤，被挤出去了就算是被淘汰了）的游戏，这构成了我对小学时光最美好的回忆。而希望拥有一条像阿黑一样聪明的小狗，成了儿时伙伴们最大的期待。

葛老师对于我们而言，是伙伴，是师长。在刚上学的我眼里，葛老师代表了这样的老师形象：师者，就应该是能和学生一起玩、一起学的人，是一个能让学生的课余生活变得丰富多彩的魔幻师，更是一个在学习之余还有很多生活乐趣的人。

学习的乐趣，有时候不在于老师精湛的业务水平、先进的教学设备、丰富多样的科目，有时候它仅仅来源于师者的童心，对生活的热爱。

“土八路”践行导生制

读到二年级时，村里的小学被邻村的另一所稍大的村校合并了，于是在这所新的学校里，我遇到了生命中的第二个老师——小陈老师。

小陈老师是民办教师，虽然没有受过正规的师范教育，但是在管理学生方面却很有方法。

由于学校实行复式教学，小陈老师担任了两个年级两个班的班主任，同时也是我们的语文、数学、体育、音乐等学科的老师。在今天看来，小陈老师是一人顶多人，工作量很大。但是对于那时的小陈老师来说，她似乎干得并不吃力，且总能把两个班的教学管理工作做得井井有条。

虽说那时我们的思想比现在的学生稍单纯些，且家长都放出话来：如果孩子在校不听话，老师你尽管“打”好了。但是孩子淘气好动的天性在任何年代都是共性。想起我后来在小学实习，包括现在在初中任教的经历，都让我觉得管理学生是一项极消耗体能和智能的事情。回过头再看小陈老师的治班之道，就不能不让人感叹：“土八路”也有好方法。

小陈老师拿手的管理方法是找个小老师。用现在时髦话来讲，应该是导生制。而小陈老师选择出来的这个小老师，就是我。

小陈老师为什么选择了我？其中有一半的原因是，她跟我的外婆很熟。还有一半原因，恐怕是我在众多孩子中算是学习比较出色的一个，且为人泼辣。人的性格会随环境的变化而变化，今天当我用到“泼辣”一词时，已很难与现在的我联系起来。但小时候的我，在学校里绝对是个“领导型”人物。当然，不可否认其中一部分原因是小陈老师给予我的“权威”。

那时，我们一个教室里有两个年级的两个班学生上课，我是我们班的班长。上课时，小陈老师总是先给我们上新课内容，另一个班同学自学新课内容或做作业，等给我们上完新课布置好作业后，就由我来管理班级的纪律，她再去给另一个班上新课。中午放学前，小陈老师会先改我的作业，然后把其他同学的作业本给我，让我利用吃完午饭后的时间把作业改完，且要把做错的同学一一教会。

通常在下午上第一节课前，小陈老师会询问我当天的作业批改情况，然后选择大家错误比较多的题目进行讲解。下午放学时，小陈老师会布置适量的作业，并给那些有可能存在做作业困难或是有不交作业习惯的同学分别安排监督人，我监督的对象是我们家的邻居。就当时取得的效果来看，这办法行之有效，那时班上没有人不交作业，即使忘了做，也有专人监督、提醒，及时补上。

对比今天那些起早摸黑型老师，小陈老师也许算是对教学“不尽心”的人。但是否老师一定要对学生“全心全意”地付出，又“事无巨细”地关怀备至，才算是尽心了呢？或许少点尽心，多点放心，学生更能体会学习的快乐，更能体验学习的责任，也更懂得珍惜学习的机会。

那段身处破旧的教室、脚踩泥泞的地面、伴随着老师不太标准甚至方言连连的讲课，与不同年级的同学共同求学的特殊时光，是我最怀念的日子，也是我记忆深处最愿与人分享的一部分。

既为师者，必有其所长，然而不是任何所长都能博得学生的钟爱，取得令人满意的效果。每位老师在发挥自己的长处时，不可一厢情愿，应多多站在学生的角度，让自己的长处发挥出长期效益，既滋养孩子的现在时，也滋养他们的未来时。

父亲的魅力“语”和“文”

◎杨　立

我的父亲杨孟琪先生，也是我读高中时的校长。他教了近半个世纪的语文，他认为“语”就是说话，“文”就是作文，教语文就是教学生说好话，作好文。他的绝活自然也和“语”“文”有关了——

魅力之“语”

父亲讲课从来不用看备课笔记，讲古文连课本也很少看。在课堂上，他一朗读课文，教室里就变得鸦雀无声。父亲对作者思想感情恰到好处地表达，一下子征服了学生。有学生说，“只要杨老师读一遍课文，我们就懂了一大半”。讲起课来，父亲侃侃而谈，文史掌故、名人轶事信手拈来，又与课文契合，且常常有妙语解颐。省内不少学校邀请他去讲观摩课，连当年的语文教育专家张志公先生也称赞他的课“要言妙道，韵味无穷”。

父亲当上校长后，讲话从不用稿子。每逢学校大型集会，老师和同学盼望的第一个节目就是“杨校长讲话”，甚至有老乡特地跑来学校一听。记得1996年除夕夜，镇上放电影，学校开游艺会，不少老乡放弃了看电影，赶到学校听父亲的开场白。至今，我的同学聚在一起，还会你一句、我一句地回忆他的那次讲话。

那晚，父亲的开场白是：“这个时候是1996年除夕之夜的7点10

分。1996年是鼠年，1997年是牛年，这个时候年徽上（父亲指着挂在教学楼上的迎牛年的年徽）的这头饱尝艰辛、默默耕耘的老黄牛，正向我们腾跃而来。我们的老黄牛——尊敬的老师们，我们的不怕虎的初生牛犊——亲爱的同学们，望着牛怎能不兴叹呢？”接着，父亲诙谐地讲了四叹：一叹牛不如狗，讽刺“会干的不如会舔的”；二叹牛不如鸡，讽刺“会干的不如会叫的”；三叹牛不如猪，讽刺“会干的不如偷懒的”；四叹牛不如狐狸，讽刺“会干的不如会骗的”。父亲讲得绘声绘色，台下的人笑得前仰后合。“但是，”父亲话锋一转，说道，“牛是我们中华民族最可敬可爱的人——农民的形象，牛是我们中国共产党人中真正为人民服务的公仆的形象，鲁迅先生俯首甘为孺子牛，郭沫若、茅盾都自比为牛尾巴上的毛……牛就要来到我们中间了，让我们在游艺中多得奖，多吃糖，用欢声笑语去迎接它吧！”顿时，全场掌声雷动，欢声鼎沸。

父亲善用生动的故事来表达主题，没有空洞的说教。记得我参加工作后，有一年教师节，市里的庆祝主题是“树师风，扬师德，铸师魂”，区里的主题是“尊重老师的劳动”。父亲在讲话中引用了古希腊大教育家亚里士多德的一个故事：一天，亚里士多德背着一袋面粉走进雅典学院，迎面走来的第一个学生向他问好，他礼貌性地回答了一句：“同学好。”迎面走来的第二个学生把他肩上的面粉接过去，他忙答谢。迎面走来的第三个学生兴奋地告诉他：“老师，我把您昨天的讲义刻在了墙上！”他顿时眉开眼笑，脱口称赞：“好，好，你真是一个好学生！”这个故事恰好表达了师风、师德、师魂的境界，又说明了尊重老师的劳动的真谛。

最使我叹服的一次，是父亲退休后和我到深圳、厦门旅游，不想碰上了在深圳教师进修学院和福建省厦门集美中学工作的学生，硬要请他去做报告，父亲一点准备也没有，但盛情难却，还是在深圳教师进修学院讲了《学校的科学管理和人文管理》，在厦门集美学校讲了《读书与人生》。每场讲座近两个小时，深圳的老师的反应是——“令人耳目一新，真可以称得上是报告的改革！”集美的学生一走出会场，就连声赞叹“过瘾！过瘾！”

样板之“文”

谈到教作文，父亲认为我们的语文老师受孔夫子“述而不作”的影响太深，1989年《中国教育报》举办“教师的基本功”征文，他就写了《练孔夫子遗忘的功》（载1989年6月3日《中国教育报》），还获了奖。

父亲一直提倡语文老师要练好写作的基本功。他教作文有个特点，就是学生每写一篇作文，他也同样写一篇，评讲时，除了评讲学生的作文，他还拿出自己的文章来，和学生一起研究这篇作文应该怎样写。他说：“比如学做衣服，师傅绝不能在空气中比画怎样裁剪缝制，而要拿出实物来，一道工序一道工序地边讲边做。”

1978年，父亲教一个知青班，当时学校为了适应高考，要求学生每周至少写一篇作文，而且要在一堂课内交卷。学生将父亲的军说：“杨老师，您能做到吗？”他说：“这好办，每次作文你们在下面写，我在讲台上用钢板刻，我刻好了告诉你们一声。下课后由班长带到油印室印给你们每人一份。在评讲时，你们给我写评语，评分；我给你们写评语，评分。”

父亲没有虚言，每堂课上到40分钟左右他就宣布刻完了，而且每次学生给他的文章评分都在30分以上（当时高考满分为40分）。这样写了几次，学生又有意见了：“题目是您出的，您自然写得又快又好呀！”于是，父亲又与学生商定，以后写作文由学生当堂出一个题给他，他出一个题给学生，课后他再补做自己出的题。这下，学生服气了。

就这样一直练到高考，那年全省语文前10名，父亲班上的学生占了

3名。后来华中普通教育研究中心把他当堂（45分钟内）写的作文推荐给出版社，收录在《高考样板作文》中。

勤学之果

在学校，父亲是学生崇拜的对象，不少学生模仿他的朗读、讲话、行文，甚至模仿他的一举手一投足。离校多年的同学聚会上，大家总会回忆他当年的一些轶事。在他已退休十多年后的今天，家中仍是"谈笑有学生"。

学生叹服他口头和笔下的绝活，可我知道父亲实是"课堂一分钟，课下十年功"，真正做到了"口不绝吟六艺之文，手不停披百家之篇"，时时处处在学习。退休时，家中已有几千本父亲读过的书，30多本他写的读书笔记，还有他发表在报刊上的300多篇文章与出版的10多本专著。退休不久，北京师范大学出版社就邀请父亲主编了7大本《中学语文备课全书》。

父亲常说，学校是传授知识的场所，语言和文字又是知识的载体，师生双方都是通过它进行思想感情的交流的，不仅是语文老师，任何一位老师都要重视自己的语言文字修养。父亲正是通过"语"和"文"的绝活，架起了一座和学生心心相印的桥梁。

我也和父亲一样成为一名教育工作者。父亲告诉我："一个只有一本教科书在手而不涉猎其他的老师，怎能赢得学生的尊敬和信赖呢？马卡连柯说过，'假如你道德高尚，知识广博，工作认真，学生就会全部站在你这一边的。'"

这句话成为一种提醒，始终陪伴着我的教学之路。

俊杰带班——有的说

◎卞光绪

校园里有一棵桂树，每到 8 月，一簇簇桂花藏在叶间，香溢满园。这棵桂树，是教历史的张俊杰老师栽下的，而张老师的为人，就如这棵桂树一样，与人相宜，大伙都喜欢亲近他。

只是，自从当了班主任后，张老师的手气总是很臭。每次抓阄，他就习惯性地哈哈气，热热手。可是抓完后他都用左手砍着右手："关键时候不争气，留着有何用！"大伙见状，笑声一片，还戏谑道："俊杰带班——有的说！"

有一次，张老师抓到了初二（3）班，大伙不笑他了，真为他捏把汗。这个班有个学生叫王桂生，没有不敢做的事情，经常被从派出所领回来。张老师见大家哑火了，连忙逗道："为大伙分忧，实为分内之事。赶紧笑笑吧！"王校长走过来，拍拍他的肩膀："先别乐了，回去不哭才是真的乐。"

带这样的班，日子真不太平。这不，王桂生给他惹事了，单挑校外"壮士"。一接到举报，张老师就气喘吁吁地赶过去，只见王桂生靠在电线杆上，用衣袖擦额头上的血迹。张老师扶住他，拦辆车子，直奔医院。王桂生不领情，半路借口上厕所，一去没回头。张老师等不及，追到厕所，哪里还有人影？张老师只好拖着瘦长的身子，回到学校，骑上自行车，赶往王桂生家。他爸居然说："不要找了，饿了自会回来。"张老师生气了，推了推鼻梁上的眼镜："你不找，我找！一个大活人，我就不相信找不到他！"在王桂生父母的协助下，张老师终于把小子送进了医院。

在张老师的打磨下，班级逐渐走上了正轨。大伙围着他："张老师，真不赖！说说你是如何制服王桂生的。"张老师一边不务正业地翻着一本绘画技巧书，一边说官话："你对学生好，学生自然会对你好呀！"大伙不相信，现在的学生不领情的多了去了。

学校组织参观博物馆，学生兴致很高。在博物馆门口，有一摆地摊的流浪艺人，给过往的人画肖像。由于画技好，价钱公道，很多学生给他做模特，各得了一张肖像画，部分老师也纷纷解囊。张老师只是静静地站在一边，小王老师过来劝他："张老师，与民同乐，来一张吧！"张老师连忙摇手走开了。小王追过去："我请客，没关系的！"张老师急红了脸，悄声说："我已经画过了，只是小了点！"小王不相信，张老师打开钱包给他看。小王笑起来："张老师，你真搞笑，心疼钱就明说，不用拿自己的相片充数啊！"张老师望着走开的小王，表情真有点尴尬。

其实，小气一点没什么，关键是张老师这人，很古板，不会变通。学校为迎接上级部门的督导评估工作，组里安排张老师上一节课。学校非常重视，要求用多媒体，尽量展现学校的规格高，教师的水平高，有特色。王校长不忘拍拍他的肩膀，细心叮嘱："好好准备，一定要给学校争光！"张老师微微一笑，算是答应了。可是，接受督导评估那天，听说张老师课件没有，还是一支粉笔、一本书上了一节课，王校长都急红了眼。

下课铃一响，王校长匆匆去找张老师，途中遇上教研员。教研员拦住他："大校长，你去哪里？我今天总算听到一节好课。"王校长盯住教研员，一言不发。教研员连忙在脸上擦擦，低声问道："老同学，我脸上有什么，你快说啊！"

王校长低声问:“你脸上什么都没有，只是刚才说的是不是真的？”教研员回过神来，就捧着评议表给他看:“在你面前，我用得着说假话吗？”王校长迅速调整表情、姿势，握住教研员的手说:“哈哈，算我刚才说错了，中午吃饭时候，我自罚一杯。”

学校对初二(3)班越来越放心了,学生确实有很大进步。天气冷了,其他班学生要么挤在一起晒太阳,要么在教室里打闹,沸反盈天。初二(3)班却静悄悄的,学生不是在看书,就是在默默地做作业。很多老师迷惑了,真不知道张老师给学生吃了什么迷药，乱班成了静班。任课老师开始摘掉有色眼镜，喜欢给初二（3）班上课了。运动会上，初二（3）班的学生在赛场上奋力拼搏，取得团体总分第二名的好成绩，学校领导隆重表扬他们。有人私下议论:“乱班成好班，路还长着呢！”

这话说到点子上了:学生在教学常规、体育上表现好，是不够的，关键要看能不能考出好成绩。临近期末，其他班级狠抓学习，学生几乎连上厕所的时间都没有了。可初二（3）班不时传来笑声，一定是张老师在看管早读——历史老师就是不会抓成绩。不过，经过两天考试，成绩终于出来了，初二（3）班考得很不错，平行班第 1 名。王桂生的英语竟然“脱贫”了，考了 60 分，英语老师激动得在办公室里跳起来。

期末总结大会上，王桂生坐在主席台上，代表学生发言:“张老师是天底下最好的老师，在生日那天，我收到了有生以来最贵重的礼物。”台下马上有老师追问:“张老师，你送的是什么啊，不会价值连城吧？”张老师微微一笑:“我可没那么大本事盗出国宝，只是一张纸而已！”人家当然不信。这时，台上的王桂生举起一张纸，前头的老师定睛一看:纸上画的是王桂生，下面赫然署名:张俊杰赠！大伙唏嘘不已。王桂生接着说:“我们张老师上课非常幽默风趣，特别是他有一手绝活——简笔画，能画出历史课本中所有的插图。一开始，我还不相信，跟张老师比试过，我都输了。张老师对我们特别好，我们学习累了，他就在黑板上画漫画，逗我们笑，减轻我们的压力。所以，我们特别喜欢张老师！”

台下响起热烈掌声，很多同事都发出感慨：“俊杰带班，不仅对学生好，还有绝活。”大伙连忙对着张老师竖起大拇指：“张老师，不简单！您可要教教我们啊！”张老师连连摇头：“不行，不行，绝活已经申请专利了，想学可要交学费啊！”大伙乐呵成一片。

就这样，“俊杰带班——没的说！”在私下里传开了。面对传言，张老师捧着茶杯，眯着小眼睛，很受用的样子。

神奇的“北大知青”莫老师

◎陈明强

当我演奏完最后一个音符，走出贵州大学演播厅时，好友打来电话告诉我，恩师莫义君老师刚刚去世。这个消息犹如晴天霹雳，我在台阶上呆立了好几分钟，回过神来已是满面泪水。

在人流穿梭的校园，我情不自禁地大叫一声“莫老师，你走好！”引来不少诧异的目光。我忘记了身在贵大校园，脑海里满满的都是莫义君老师的身影。

莫义君老师只是一个普通的乡村小学教师，但说起他的学历，还真是大材小用。他是20世纪60年代的北大学子，为了响应知识青年上山下乡运动，1970年他下放到了我们村，当上了小学教师。改革开放的浪潮涌来，莫义君老师没有选择回到条件更为优越的城市工作，而是留下来继续在穷乡僻壤教书。于是，我有幸成了他的学生。

我从小就耳闻莫老师的能耐，他门下的学生，个个都被他培养得像“天才”。在我们那个乡旮旯，每年都有他带的学生在全国各地的报刊上发表作文。孩子们拿着自己发表的作文给村人看，那是十分荣耀的事儿。凡有小孩读书的家庭，都希望自己的孩子能由莫老师执教。

我家离莫老师教书的学校其实很远，但为了成为莫老师的学生，五年级时我万般央求父母将我转到了莫老师的班上。

莫老师听说我每天要走两个多小时的路来上学，第一天就对我竖了一个大拇指！这个大拇指，让我心里升腾起一股力量。

莫老师的确与众不同，他不仅教学有趣，最让人信服的是他似乎无所不能，琴棋书画他样样精通，经常发表小说、诗歌，还有他丰富的学识，都让学生惊叹！

那时在乡下不要说钢琴，就是脚踏风琴也没有。莫老师给我们上音乐课时，知道我们对教材上介绍的钢琴很向往。一天，莫老师走进教室满脸神秘地对我们说："你们想弹钢琴吗？"

我们眼睛睁得大大的，情不自禁地齐声吼道："想！"可是莫老师两手空空，钢琴在哪里呢？这时，莫老师不慌不忙地从讲台抽屉里掏出一卷纸，边慢条斯理地展开边介绍道："这钢琴是莫某人独家制造，它轻便精巧，音色绝对丰富。"说完，他把卷纸展现给我们看，天啊！白白的纸上，画着一排钢琴的黑白琴键。

那天，我们争先恐后地上台抚摸了"钢琴"。莫老师将"钢琴"贴在墙上，给我们讲了哪个键是中央c，什么是穿指法、顺指法。他边讲边在"钢琴"上认真地给我们示范，同时嘴里哼出曲子。多美的"钢琴"声啊！我们都陶醉了。

下课后，大家纷纷学着莫老师的样子，弹奏"钢琴"。从那时起，我就与钢琴结下了不解之缘。我看着墙上的"钢琴"，那些黑白相间的琴键，仿佛看到无数跳跃的精灵，它们在快乐地奏响美妙的乐章。我心中莫名地涌起一股热望。

莫老师的音乐课情趣万千，而他的作文课更是令人叫绝。

每次上作文课，就是我们最快乐的日子。因为作文课上，我们都不是学生了，我们一个个成了小老师，而莫老师才是学生。

上作文课时，莫老师先将作文要求写在黑板上，他不讲应该怎样按要求写作文，而是让我们考他——你想这篇作文怎样写，说给莫老师听，他马上按你的要求现场口头“说”出一篇作文来。

记得第一次上莫老师的作文课，是写自己的父母。当时，我不无困惑地问莫老师：“我的爸爸妈妈感觉没什么特别的，大家的爸爸妈妈都一样，都是对子女好，给子女好吃好穿的，我找不到有什么特别的地方值得写。”莫老师听我说完，微微一笑：“你的爸爸很伟大，为了儿子的学习，他舍得小小的儿子每天走两个小时的山路去上学，所以你的父亲是一个重教育的父亲。这一点就值得你去感激！”

莫老师说完，就根据我转学的经历现场“说”起了作文。莫老师“说”得太好了，父亲对我的关心，我内心的渴望，就好像莫老师亲眼看到了一样。

每次莫老师“说”完一篇作文，他就给我们讲为什么要这样写，如何从一件小事把文章写得漂亮。一堂作文课下来，莫老师起码完成了四五篇作文，我们也从这四五篇作文中领悟到很多东西。轮到自己动手写时，感觉才思也如行云流水，一篇篇作文完成得特别轻松。

虽然莫老师仅仅教了我一年，但是他留给我的“财富”是无穷无尽的。

他的学生，个个都有出息。有的是政府要员，有的是技术工程师，还有的当了作家，成了活跃在各种报刊上的知名写手……

我对钢琴的由衷喜爱，正是从莫老师的那架“钢琴”出发的。他给我的心灵印刻下的音乐痕迹，一直陪伴着我。作为一个乡村的孩子，在读高中前我没有碰过真正的钢琴，仅从高二开始学了两年钢琴，在考贵州大学的钢琴专业时，我的专业成绩在考生中名列前茅。

当我将贵州大学钢琴专业录取通知书拿给莫老师看时，他冲我微微一笑，右手抬起来，给我竖了一个大拇指。这一幕好熟悉！

那一刻，我的泪水涌了出来。我上前紧紧地抱住了瘦弱的莫老师，将头靠在他的肩上，任泪水奔流。

这紧紧地一抱，竟成了最后的告别。

遥想当年，只有埋首前行，敬谢恩师！

他点亮了我的生命

◎张国东

我从一个不懂事的孩子到走上三尺讲台，成为一名历史老师，给我启蒙和帮助的老师颇多，而点亮我生命的却是陪伴我走过高中两年的历史老师，他独特的教学方法——故事演绎法，把我引入知识的神奇殿堂；他的小黑板和小人书引领我在书山上快乐跋涉，在学海中轻松泛舟；他的“算命”理论，则让我寻找到丢失已久的自信，坚信自己能够“拿笔杆”“吃皇粮”。

时间定格在1991年秋，高二开学伊始，学校根据学生意向进行了文理分班。高一时我的物理、化学成绩不好，有的章节内容，我简直就是“擀面杖吹火——一窍不通”，无奈之下，我选择了文科。这一选择让我遇到了使我命运发生重大转折的历史老师——王宝炎老师。

王老师四十多岁，是我们这所山区高中学校唯一的高级教师。他同时带高二、高三两个年级文科班的历史课。在那个教学条件艰苦的年代，他的那些教学方法可谓“招招鲜”。

历史课上，他常常变枯燥的历史事件为生动的故事，有时兴起，他还会模仿某一历史事件中的不同人物进行对白，颇具表演艺术家的风采。我至今还记得，在讲楚汉相争的“鸿门宴”片段时，王老师一人模仿项羽、项庄、张良、樊哙等人的语调，伴以动作，中间竟然学起项庄来，用教鞭当剑在教室里舞了几下。

王老师每堂课都设计有精彩的导言。如在讲楚汉相争时，他是如此开始的：自古以来，国无二君。推倒残暴秦朝的两位大英雄项羽和刘邦因争夺显赫的帝位，由原来的好兄弟反目成仇，举起屠刀开始了长达4年之久的楚汉相争，到底谁能够问鼎中原，各位学生请听我娓娓道来……每节课他只讲25分钟左右，讲课时往往走下三尺讲台来到我们身边，目光是那样的炯炯有神，声音是那样的抑扬顿挫，动作是那样的逼真传神。在讲授完一个内容后，他往往会说上这么一句——“欲知后事如何，请听下节课继续分解。”

讲完课，他马上进行当堂反馈。他有两块小黑板，一块写当堂反馈试题，另一块抄写所讲内容的自编歌谣。为防试题“泄漏”和对歌谣“保鲜”，上课前他往往把这两块小黑板放在教室外边，进行当堂反馈时，他先出示第一块小黑板，上面有填空题、选择题和简答题，这些试题都是他自己依据教材、教参和辅导材料编写的原创试题。在我们做题时，他会在教室里不停地巡视，不时俯下身察看我们的答案，时而皱眉、时而微笑、时而摇头……我们做完后，他首先要求同桌间交换答题纸，边听他的讲解边批阅。对于成绩最优异的5位学生，给予口头表扬。

接着，第二块小黑板“粉墨登场”了。王老师自编的歌谣朗朗上口，多则二十句以上，少则八、十句。王老师要求我们把歌谣记在笔记本上。这些歌谣是压缩版的课堂内容，到高三毕业时我们整整记了两大本。

王老师从不留课下作业，还经常给我们提供丰富的精神食粮——小人书。谁也不知道他有多少本小人书，每讲完一个章节，他总会把与该章节有关的小人书给我们借阅，并要求我们在指定时间内看完。在那个精神生活匮乏的年代，小人书给我们带来了快乐，更让我们从中学习、巩固了历史知识。

课下，王老师像我们的大哥哥，时常与我们一起在操场上打篮球、踢足球……有时还会与我们坐在一起讨论某个问题，争得面红耳赤。他能说出每一个学生的成长经历和家庭情况，高中毕业后，我才知道他是从班主任那里获得的这些资料。可在那时我们都坚信，王老师知道我们昨天的历史，必然能够预测我们的未来，这为我们相信他的“算命”理论打下了坚实的基础。

课余时间，他有时会走到我们身边给我们“算命”，要求男生伸左手，女生伸右手，什么生命线、事业线、情感线等，说得头头是道。一天，他像发现新大陆似的对我说：“我看你的手相很好，属于那种‘富贵相’，将来一定会拿笔杆，不可能拿锄杆。”初到文科班的我只是一个中等生，这在我听来简直就是天方夜谭。那时每年学校考取大专以上的学生，一个班不会超过十人。但出于对王老师的信任，他说的话我完全相信了。于是，我迅速调整了学习状态，改变了学习方法，端正了学习态度，投入到紧张的学习中。

两年里，王老师给我们班 45 个学生“算过命”，有的学生一年要算上几次，不是学生找王老师“算命”，而是王老师找学生“算命”，特别是在学生成绩退步后必算上一次。就这样，我们高二、高三的学习生活在王老师的“算命”理论熏陶下度过了。1993 年高考，我们班共有 18 人考上了大专以上院校，刷新了这所普通中学的升学史，轰动了整个山区。

令人惊喜的是，在填报志愿时，我们班有 6 人报考了师范学院的历史教育专业。在大学学到《心理学》时，我才知道王老师的这种“算命”实际上是一种心理暗示。

随着科学技术的进步，王老师的这些招数有的已退出了教学的大舞台，如小人书、小黑板等，取代它们的是多媒体、卡通画。可那两年时光在我的记忆中，是那么鲜亮，想说：“谢谢您，王老师！是您点亮了我的生命，是您改变了我的命运。”

唯美的老师

◎冷学宝

教师以教书为职业，以育人为职责，除了应该尽心尽力，还要有令人惊羡的真本领。“本领”大了，成了“本事”，再发展为“绝活”，教师存在的本身就是对学生的最好教育。

笔者所从诸师中，周澄华老师堪称最有“绝活”者。他那令人称道的“绝活”，让我们那一届同学至今回味起来，依然敬佩有加，赞不绝口。

周澄华老师教我们英语。在“不学 ABC，照当接班人”的时代大背景下，我们有足够的理由不重视英语学习，顺便的，也不重视英语老师。局促的环境，畸形的心态，导致我们那所偏僻的乡村中学怎么也留不住英语老师。我们只是在读初一的时候学过几个月的英语，说是学英语，也不过是背下了 26 个字母。未及升到初二，英语老师就调回了徐州。从英语的“束缚”中“解放”出来，我们甚至产生了莫名的兴奋。

不料，进入高一后，学校又为我们配了一位英语老师。这一次教我们的，就是新来的周澄华老师。

周老师最能吸引我们的，不是他的“国字”脸上的浓眉，也不是浓眉下的那一双亮眼，而是他那与众不同的着装：洁白的衬衣，硬挺的领子紧贴住脖颈；亮得耀眼的西裤，中间刻意熨出的那条线尤为惹眼；而那双锃亮的皮鞋，永远一尘不染。周老师的这一身装扮，在我们这些只见过“乡下人”的粗布褴衫，也见惯了“穷老师”的单调灰暗的农家孩子眼里，惹出多少艳羡。那个时候，尽管我们还不知道什么叫绅士风度，也不懂得什么是儒雅风流，但我们凭着对美的至诚向往，发出了声声慨叹。周老师简直就像来自地球以外的世界，不光使得我们对教师有了全新的认识，也促使我们对别样生活生出了朦胧的向往。而给我印象最为深刻的，莫过于周老师冬春时节穿的那件毛呢大衣。那件校园里绝无仅有的毛呢大衣，穿在周老师身上，每时每刻都是簇新的、闪亮的、柔滑的，那种娇艳与妖娆，永远定格在青春少年的记忆深处。

周老师的唯美，言谈举止间透出的潇洒，成了我们课间谈论最多的话题。有人说，周老师原来当翻译，因为错译了一句话（在我们的认识里，一个普通老师不可能如此美雅的），就被“下放”了。也有人说，周老师原来在北京的某所大学里教书，因为站错了队，才被“下放”到我们这里来的。总之，不管有着怎样不同的版本，遭遇“下放”的命运总是雷打不动的——不被下放，这样儒雅的“才子”又怎么可能到我们这所乡村中学来？

而周老师上课时的出色表现，也成为我们所有解释与想象最有力的注脚。

周老师上课几乎不拿课本，有时即使带上了，也未曾打开过。周老师走进教室时，只带两支粉笔，一支红的，一支白的。课堂上，周老师并不严厉，只是很少笑。我们并不怕他，只是怕他提问。断断续续的英语学习，让我们在“同差”的基础上又略有参差——有的同学初中时一天英语课也没上过，除了数学课上常用的几个字母，连“H”都不认识。我不知道周老师是否知道所谓的“木桶效应”，我也不知道那个时候是不是提到了面向全体，但我依稀记得周老师是从 26 个字母教起的。当然，对于我们这些学过一段时间英语的学生，他也让我们在课堂上有事情可做。

虽然不像过去那样对英语学习感到恐惧，可英语单词依然是我们学习路上的拦路虎。了解到我们的畏难情绪后，周老师并没有一味指责，而是教给了我们方法：将单词写在纸片上，走路时背，睡觉前背，甚至上厕所时也要背。听周老师这样一说，大家都笑了。看到我们笑了，周老师也笑了。周老师笑得很淡，却也很美。不过，周老师似乎也觉察到了我们的笑里有淡淡的嘲讽意味，于是，他很快正了色，说道："大家要是把走路时、睡觉前、在厕所里的时间都用上的话，能背很多单词，学到好多东西呢！就连我，每天早晨跑步的时候，还要背单词呢。""您当老师了，背单词还有什么用？"年少无知的我们，忍不住要露出一副狡黠的嘴脸，"您又不能做翻译了！"听了我们的话，周老师脸儿一红，却又辩解道："我背英语单词，可不是为了做……做什么！"周老师的表现，印证了我们的猜测。接下来，我们的任务是弄清周老师那话里的虚实。

于是，不知从哪一天起，我们就在周老师每天跑步的时候，站在教室的廊檐下或在小树林的边沿看他。周教师的嘴唇果真在动。显然，他是在背单词。而那个时候，我们有足够的理由嘲笑周老师的"傻"，并且勇敢地将青春好时光大把抛掷。

1977 年，高考和上大学对于我们这些农家孩子来说，是非常遥远的事情。我们才不必为那些既不可望、更不可及的事情操心呢。不过，周老师每天早晨跑步背单词的场景，还是让我们略有所思，若有所悟。于是，我的学长、学姐们也忍不住模仿起周老师来……

周老师只拿了两支粉笔来上课，课却上得如行云流水一般，竟有说不出的风流，道不尽的飘逸。听周老师读（背）单词，读（背）课文，实在是一种享受。他那纯正的发音，即使我们不能完全听得懂，却也如闻天籁。对异域文字产生了特殊的感情，甚至达到了痴迷的程度，是我们自己也没有想到的。而周老师诵读课文时那饱满的激情，更是给我们以强烈的感染。当然，对我们在英语单词旁边涂上相应的汉字，以帮助朗读的“取巧”做法，周老师淡然一笑后，又要我们将写上的汉字擦去：“用汉字记下读音，会影响发音的准确。其实，我们每节课上学的单词，只要用心读几遍，是能够记住的；如果课堂上记不住，课后同学之间可以互相帮助，当然，也可以去问我！”

最叫我们叹为观止的，是周老师的板书。一块黑板，两边留下一点距离（将两边的黑板空出一块来，是为了照顾前排两侧的同学，对于这一细节的领悟，也是在我做了一段时间的教师之后才知道的），周老师又将中间的黑板一分为二。周老师的板书，整齐得比用尺子画上线写出来的还要无可挑剔，而他字迹的规范和洒脱，比我们课本上印刷出来的更要神采飞扬。一堂课下来，黑板可使用的部分刚好用完。面对一黑板错落有致的白与红，面对两块对峙又协调的奇绝异绝的异域文字，除了赞叹，我们还能有什么表示呢！

那一年，我们的英语成绩提高很快。可惜，周老师只教了我们一年，就调离了我们的学校。到了高二，面临高考的我们却遭遇了没有英语老师的尴尬。然而，正是凭着前一年打下的基础，我们班竟有十多位同学被高校录取，有一位同学还考得徐州市的状元，被中国科技大学录取。我们七九届高中毕业生也因此成为学校的骄傲。

在我们心里，一直把周老师当成自己的骄傲。他那唯美的举止，他那富有美感的教学，他那令人津津乐道的“绝活”，虽然历经三十多年的风雨“侵袭”，依然赏心愉目，怡情悦耳。作为教育的后来人，如果能像周老师一样，通过自我修炼成为学生眼中的“唯美”之人，那实在是值得我们为之庆幸的事情。

第三章

有趣的思想

解放课堂，从解放学生开始；解放学生，从解放教师开始。因为思想解放了，所以生活在广袤的天地里。我们是学习的主人，而不是匍匐着的奴隶。

如果让我再教一届学生

◎于永正

我不是悲观主义者，不会因为人生快“走到头”了而叹息。我倒是常常想：假如时光倒退几年，不要多，只要几年，再给我一次从一年级带到六年级的机会，再让我教一届小学生，把我现在相对的成熟献给学生，那该多好哇！

我时常记起江苏省模范教师王树堂先生生前对我说的一句话：“年轻的时候不会教，等会教了，又老了。”他说出了大部分退休老师的心里话，一句带有无奈、伤感、留恋、遗憾的肺腑之言。

难道老师也像庄稼一样，老了才算成熟？难道就像红薯一样，从地里挖出来，非得在地窖里放一段时间甜了、软了，才意味着彻底的成熟？

如果让我再教一届学生，上课时我会关注每个孩子，不再只是关注教案、教学……一位年长的老师对我讲过她在报纸上看到的一篇报道。文中说，一位教一年级的女老师上课时，发现一位学生神色不对，便走到该生跟前，嘴巴凑到他耳朵上悄悄地问：“是不是想上厕所？”该生使劲点头。女老师一拍他的肩，他便飞也似的跑出去了。

可是，好久不见这位小朋友回来。于是，这位老师从包里掏出卫生纸，对另一位小朋友说：“你去厕所给他送卫生纸吧。”

果不其然，这位小朋友正为没带卫生纸发愁呢！我为这位老师的善于体察而叹服，为她的善于推理而敬佩！ 听罢，我满心羞愧。我觉得我有些不配做特级教师。

如果让我再教一届学生，我会让学生从我这里体会到尊重、平等、民主……

在四十多年的教育生涯中，把犯了错误的学生“请”到办公室里去，是常有的事。“请到办公室”，是表示该生所犯错误已十分严重。当众这么“宣布”，也想“警示”其他学生。

问题还不在这里。问题在犯错误的学生到我办公室的“待遇”：他必须标准地立正站着——脚后跟靠拢，两臂下垂，中指贴在裤子缝上。如果不“标准”，我便命令他“站好”，随即强制性地“纠正”，比如用脚踢他的脚后跟。这实际上是体罚。这种做法，哪里有尊重可言，哪里有平等可言，哪里有民主可言！

最近读了张华教授的《论我国课堂教学转型》，深受触动。文章说：“今年8月31号，我儿子上小学了。第一天是家长开放日。学校的第一件事是：行为规范。怎么坐，怎么站，手放到哪里，怎么走路，怎么排队……老师早已规定得好好的，而且每一个规定都有相应的奖励和惩罚作保障。随后的任何学习都是这样。现在，我们很多美其名曰‘培养学习习惯’的做法，其实是成人对儿童施加专制的最司空见惯的方式。”

几十年了，我不就是这么做的吗？运用“动物园教育学”——以奖励作诱因，以惩罚作威胁来“训练”学生，是磨灭人性的教育！

假如我回过头来再从事教育，我会视学生为朋友，我甚至不应再称他们为“孩子”——叫他们孩子，那意味着我是长者，“平等”就不存在了。

低年级的学生称“小朋友”，高年级的学生称“同学”，既是同学，则表示我们是一同来学习的，是平等的。他们犯了错误，我可能还会请他们到办公室里谈谈，但是我可能会为他们搬一把椅子，放在我的身边，请他们坐下，我甚至还会为他们倒一杯水。

我可能很严肃，乃至于严厉，但不会说伤害学生自尊心的话。我会以自己的一言一行、一举一动告诉学生，什么叫尊重、平等、民主。

如果让我再教一届学生，我不会再把分数作为衡量学生好坏的唯一标准……

四十多年来，教的学生无数，但有几位学生的脸经常浮现在我的脑海里，他们的表情是漠然的、孤独的，有的甚至带有哀伤。他们很少言语，早上背着书包默默走进学校，下午放学又默默地回家……他们都是被我戴过"差生"帽子的人。

因为他们的学习成绩差，要么数学考不及格，要么语文考不及格。每次考试后，我都要宣布分数。念到他们的成绩时，我还故意在分数的后面加一个"大"字："某某——50 大分！"

这种话对学生会造成多大的伤害呀！如果说体罚伤及的是皮肉，那么语言伤害的则是心灵。皮肉受伤有药医治，而心灵的创伤却无药可医了。

我是他们的老师吗？我配做他们的老师吗？我相信，在社会上，他们不会差，他们中肯定有人很有出息。请他们原谅我当年的愚蠢。现在我明白了，人人都是一个大写的"人"，人人都有尊严、有人格，人人都应该得到尊重。

人的智能是多元的，人生下来就千差万别。正因为千差万别，才有灿烂的世界和多彩的生活。不能单用学习成绩来衡量学生。如果我再从事小学教育，我会经常把十个手指头伸出来告诫自己：这就是你的学生！尺有所短，寸有所长。

有了这样的学生观，我会认真研究每一个学生，知其长短，让每个学生扬长避短，甚至让一些人变短为长。

我会尽力让每个学生喜欢我，爱上学，爱读书，爱思考。人人尽力了，学到什么程度就是什么程度。

东方不亮西方亮，分数不是学习唯一的意义。如果让我再教一届学生，我希望能成为学生的导师，而不仅仅是教师！

退休了，还不断吃润喉片，慢性咽炎要伴我终生了。不会怨天尤人，我知道这是几十年教育生涯给我的生命烙印。

课改以前，讲课文里字词的意思，讲段落大意和中心思想；课改以后，讲课文的人文性，深挖文字背后的蕴含。语文能力不是讲出来的，学习兴趣不是讲出来的，情感态度更不是讲出来的。讲，真的作用有限。

现在看来，过去犯傻了。如果我再教小学语文，我会引导学生多读书、好读书、读好书，读整本的书。不但多读，还得多背——在初知大意的基础上，多背点经典诗文。因为我明白了，学语文靠的是“童子功”——12 岁以前，是学习语言的最佳期。这期间，人的记忆力最好而理解力弱，一定得多背。幼学如漆，小时候背熟的东西一般不会忘记。

我会引导学生在语文实践中养成读书读报和动笔写作的习惯。因为我明白了，教育说到底是培养人的习惯，学语文是个慢功，是一辈子的事情。人一生与读、写为伴，才会有成就。

清代颜元有云：“讲之功有限，习之功无已。”“导而弗牵”是教学的真谛。人生是花，语文是根。在我的引导下，每个学生的“根”会长得粗壮、有力。

做导师而不做教师，我恐怕也就不会患慢性咽炎了。

“数学箴言”，一箭双雕

◎周智雄

现在的学生越来越古灵精怪，传统的思想教育方式有时很难与他们沟通。作为数学老师兼班主任，我在德育工作中尝试开创了一条新路子——送“数学箴言”。

一次，科任老师向我反映：班上很多学生未完成周末作业。我略一思索，写下了一条数学箴言——“5+2 =？我认为有 3 个答案：等于 0 、等于 7 或者大于 7 。每周我们在校学习 5 天，然后回家过周末，如果这两天忘乎所以，把 5 天所学的知识抛至九霄云外，那就是 5+2 = 0；反之，如果劳逸结合，适当复习巩固，就能让 5+2 = 7，甚至大于 7。”

我边把字条挂到教室墙上，边对学生讲：“不要以为‘5+2=？’很简单。从开学到现在，我班一直有同学在做着 5+2=0 的傻事。”有几个学生不好意思地低下了头。

班上有学生从小就弹琴学画，在各种才艺比赛中多次获奖，然而去报考中学的“艺术尖子生”时，却不幸落榜了，脸上愁云密布。恰逢那段时间数学课上学习了“负数”，于是我灵机一动，再次送上自编的一则数学箴言——“假如有一天，你突然一无所有了（0），请不要灰心，因为同世界上无数的‘负翁’（负数）相比，你仍是最富有的。”

六年级时，少数进入青春期的孩子特别躁动，常常为一点儿小事吵骂，甚至拳脚相向。每每让他们默写《小学生日常行为规范》中“不骂人、不吵架”一条，可不奏效。还是送数学箴言吧！于是，我在他们的《学生手册》上写下——“或许，小学6年只是我们生命长河中的N分之一，但是，在生命的‘1’里，能有几个这样的N分之一呢？让我们彼此珍惜共同相处的时光吧！”

在学校的跑步接力赛中，我班名列年级最后一名，仅得了1分。看着成绩榜上刺眼的“1”字，孩子们相互责怪，有的抱头痛哭。轮到我这班主任出场了，赶紧送上一条数学箴言——“‘1’可不简单！‘1’是所有自然数的单位。‘一生二，二生三，三生万物。’只要继续努力，众多的‘1’聚在一起，我们的成绩将是个难以估量的自然数！”

这段话，我字字说得铿锵有力，终于重整了班级士气。

当然，个人的智慧毕竟有限。于是，我也偶尔借用一些与数学有关的名人名言。

比如：告诫那些只说不做的学生——“一百个0也抵不上一个1；一百句大话也抵不上一次实际行动。”

勉励学生持之以恒——“做事应该像线段，有始有终；不应像射线，有始无终。”

鼓励学生勇于拼搏——“做朋友要像垂线，互相交流；做对手要像平行线，虽然不来往，但是你追我赶，互相超越。”

培养学生的团队精神和合作能力——“周长一定的长方形，长和宽的悬殊越小时，它的面积就越大。一个班级、一个社会，如果人与人之间越平等，越和谐，那么整个群体的力量就越大。”

为了让学生知道时间的宝贵，我送上雷巴柯夫的名言——“用‘分’来计算时间的人，比用‘时’来计算时间的人，时间多了59倍。”

帮助学生正确看待已经取得的成绩，我送上大文豪托尔斯泰的名言——“一个人就好像一个分数，他的实际才能好比分子；而他对自己的评价好比分母，分母越大，则分数值越小。”

另外，还有大家熟知的：

“天才 =1 的灵感 +99 的血汗。——爱迪生”

“A = X + Y + Z 。A 代表成功，X 代表勤奋劳作，Y 代表正确的方法，Z 代表的是少说废话。——爱因斯坦”

……

“数学箴言”，是在数学学习过程中自然流淌出的一首首小诗，将“大道理”无痕地刻入数学“小常识”中，或含蓄，或幽默，学生在静静欣赏或者轻轻一笑中，既加深了对数学知识的理解，又琢磨到了做人的道理，可谓一箭双雕，因而深受各年级段学生欢迎。这哪是苦口婆心的“说教”能比的呢？

“好看的故事”驱逐“简陋的真事”

◎何　捷

指导学生写作文，我们总爱提“真实”。

真实，作为衡量作文质量的标杆，很好用——真的代表优质，假的代表劣质。真实，作为教学的“口头禅”，说起来也有正义感——主张写“真”，绝对没错；理念正确，其他的也不至于有多大问题了。真实，已经成为作文教学的救命稻草，或者是标签符号。

但似乎，我们有意忽视了一个事实，许多优秀的文学作品，都是虚构的。当然，一提及“文学作品”四个字，很快就被义愤填膺的讨论声镇压下去，在这个问题上的讨论，大多自甘于拘泥在“作文”层面。即便是作文吧，也应是一种思维运作的结果。而真实的事例，也需要思维的介入，进行加工、改良、重组。构思，让真实变得更有利于表达，有益于阅读。

即便如此，当“思维”遭遇“真实”的时候，依然被贬损得一文不值。好似处于危难困苦边缘的人们，衣衫褴褛但仍旧怡然自得，他们只是团结一致地抵触一个衣着尚且完整、仪态端庄大方的人的到来。苏格拉底说“未经思考的人生，不值得一过”。在写作上，未经思维的表达，值得一看吗？

原本明晰的答案，恍惚间变得不确定起来。

随即，又被一阵声浪压制下去。我们习惯不经思考地接受那些充满简单暴力色彩的“真理”，比如：写真人，写真事，写真心情，写真景致，真实地写……只要这样呐喊，剩下的就是小孩的问题，我们就可以横加指责，还可以像审判者一样，为写成的文章“判刑”。

简单地、过度地强调真实，导致真实本身变得越发简陋，让文章本身都具有明显的硬伤。

其一，线性推演的霸权泛滥。

排挤思维的真实，就是一种口号式的强调。这样强势植入的意念，导致学生在叙述表达时，基本按照事情的发展顺序来写，按部就班地推出一件又一件的事。例如：早晨出门，遇到谁，说了什么话，做了什么事，回到家又有哪些安排……流水账，成为无法逃避的写作形式。当然，我们是不会承认的，依然会将其视为“有序”。

其二，传统要素的盲目崇拜。

说到真实，不可回避地要提到六要素：时间、地点、人物、起因、经过、结果。这六样真管用，用了就显得有根有据——真实。但这六样也很淘气，必须同时登台才有效，六个主角一个都不能少；同时，多一个也没必要。

六要素的盲目崇拜与简单叠加，导致我们对真实产生了极大的误解——真实，就是这样简单；写作文，犹如回答问题一样，按点得分。

其三，局部囊肿的自鸣得意。

说心里话，我们也害怕就这样简单写下来的文字不好看，没有艺术效果。瞧，关键时候，艺术成了触发我们觉醒的按键；而回避时，艺术又成为避之不及的瘟疫病毒。

我们开始美化真实，教给学生管用的局部美化的方法。例如，写对话如何添加提示语，叠加一个不够，再来两个；提示语在前不够，在中间，在最后，不断变化位置。我们总以为做到这些，文章就好看了。的确，看起来好看了。实际上，没有对整篇文章进行调整、重构，只是在局部做技巧性的“美容手术”，就像给一个营养不良的人，在局部用注射打针的方式添加养分，来让其膨大、饱满一样。这必将导致局部的癌变，因为这样的做法原本就是培育肿瘤。

可我们却沾沾自喜，认为这就是得到了写作之道。道虽是一条道，却将文章推向了荒芜的孤岛。岛上没有文学，没有创作，没有鉴赏，有的只是一个个奇怪、孤立的样本。其实，是一个个离奇扭曲的怪胎。无怪，这样学习写作，长大后，极少问津，因为从小就败坏了写作的胃口。

抛出问题简单，解决问题困难。

我们提出让“好看的故事”驱逐“简单的真事”，让写出好故事，成为作文教学应有的追求，至少，应给学生三类必要的指导，让他们具有写出好看的故事的体验。

第一，人物的标志性建设。

故事，都有基本的创作模板。曾有人将所有好莱坞的电影剧本归为九个类型，这就是故事的九个模板。故事看起来千奇百怪，但从更高的角度俯瞰会发现，结构都可以合并，都具有规律。特别是学生在日常生活中遇到的真事，大多都是平淡的。这也正是“平平淡淡才是真”的深刻含义。

但写作不能屈服于平淡，可以在平淡的故事中，努力建设标志性的人物图腾。例如，让故事中的人物爱说标志性的话，爱做标志性的动作，具备标志性的思想，产生标志性的效应等。而这一切的根源，依然是思维——人的思维，决定了他说什么话，做什么事，穿什么样的衣服……

我们对故事中人物进行标志性的建设，可以让学生精心设计人物说话的内容，而不是只叠加提示语；精心描写人物的外貌，而不是套用“水汪汪的大眼睛”一类的美颜写作法；精心设计人物的言行，努力使之与其思想相吻合，实现“心、口、手”三者合一。例如一个人很谨慎、很保守，可以描写“留着三七分的发型，梳得一丝不苟；穿着紧身的小西装，扣子必定严丝合缝地合拢着”。瞧，这样一来，就建设了标志性的人物。

“希望你不要在这一方面较真——哎呀，我看到他的时候，穿的是运动衫。”这一偶然且微观的真实，要服从于宏观且恒定的标志性建设，要以思维为帅，主导这一建构过程。

举个例子，特别容易让人明白——海明威的著作《老人与海》。老渔夫桑地亚哥连续 84 天捕不到鱼，在第 85 天终于捕到了一条一千五百多磅的大马林鱼。在这个捕鱼过程中，他克服了难以想象的困难，表现出了非凡的决心和坚忍的毅力。而就在把鱼拖回去的过程中，他和前来觅食的鲨鱼又进行着搏斗。结局是只剩一个鱼骨架。

单看这个故事，确实有一点烦。84 天的境遇，文字中也看不出有多少审美的气象，故事不断重复着桑地亚哥相似的经历。然而，《老人与海》之所以成为世界级名著，就在于故事中的桑地亚哥，是大众心中的一种图腾，是一个具有顽强精神意念、坚不可摧的形象代表。因此，桑地亚哥并不会随着故事的老旧而消弭，相反，这个老人将在文学中得到永生。

人物标志性的建设一旦成功，就将成为经典，成为永恒。

第二，故事情节上的谋划。

按照事情发展顺序，线性写，固然能保有真实性。但这不代表经由思维融入后，变序写就摧毁了真实性。真实，如果可贵的话，是可以经受住考验与淬炼的。

而好看的故事，更主张基于真实，融入思维，然后进行更为高级的变序，让情节与故事的表现力进行融合。我们主张因循需要，借助思考来组织材料，部署篇章结构，让真实的事变成好看的故事。具体说，可以思考三个要点。

要点一：故事的表现实力，即用什么方式去表现，使故事更有张力，能对读者造成影响。例如故事开篇，我们可以用“中部横切”的思维，敞开向读者展示一个最高潮的场面，就好像直接拦腰切断一棵千年古树，让你看中间不曾公开的年轮奥秘一样，读者们会惊叹：哇，这棵树的中间，有这么多圈圈啊；哇，这棵树这么古老啊……

要点二：读者的阅读心态。故事写给读者看，读者的阅读心态就成了关注的焦点。在故事框架不变的前提下，读者爱看什么，可以先写什么，把读者的注意力吸引过来，之后再让其不离不弃地阅读。例如之前讲到的“流水账”，同样写自己一天的经历，当我们发现在这一天中，作者和陌生人对话了，这可能是读者关注的，因为这是不同于其他日子里的经历。那么，不妨先写这个场景，借助读者的惊奇引发后续阅读。

要点三：作者特长的支撑。作者应该大张旗鼓地优先展示写作的特长，先发制人。例如，擅长细节描写的，你可以先描写一个细节场景；擅长动作描述的，你就可以先描述一个正在进行的动作。擅长什么，你就优先写什么，让文章在最开始就博得关注，受到读者欢迎。

有一篇作文很特别，写的是《掰手腕》。作文没有从班会课的开始写起，没有提到老师的活动宣布、活动组织等，而是直接从掰手腕的“僵持阶段”写起——甲方的手臂已经扭曲到变形，而乙方还在不断地用力。双方牙根紧咬，进入了殊死角力的僵持状态。四周的呐喊声如雷鸣一般，整个教室都好像在颤抖。

瞧这一段描写，你说不真实吗？你说没有序列吗？你说凌乱吗？不！相反，它带有极强的表现力，也满足了读者的需要，想必作者是特别擅长场面描写的。融入思维，经过加工，让情节经过谋划之后，更具有感染力——这才是真正的写作高峰体验。

第三，打好环境描写的重要补丁。

我们几乎忘记了教学生写环境。在我们的作文教学系统中，很少看到专门针对环境描写的教学。而环境就是整个作品的语境，环境营造出了人物的生存空间。在这空间中，人物绽放其个性光彩，对阅读人物的读者产生影响。这就是王国维说的"一切景语皆情语"更为深邃的体悟。

例如统编教材六年级上册选编的《穷人》。开篇就是一段绵长的环境描写，展示了渔夫的妻子桑娜勤俭持家、温柔善良的品质。看吧，在那样贫穷的环境中，如果没有善良作为支撑，她怎么能够去料理家务，耐心等待渔夫归来？环境就是语境，就是人的心境，也是故事的情境。而我们的写作教学呢，几乎很少涉及。

现在，我们慎重地提出：找回这丢失的一环，把它作为故事的补丁，严密铆定。

以上的三个方面，综合起来就是写出一个好故事的基本模板。当我们拥有写好故事的理想时，能很自然地比对得出——简陋的真实并不值得我们高举在头顶，成为写作教学的圭臬。粗暴而又毫无辅助举措地要求学生写真实的事，是多么可笑。

真实，是一种高贵的创作态度，但不是写作教学的救命稻草。

把课上得有滋有味的三重境界

◎顾利国　严育洪

好课，有着一定的标准。在此，我们想把上课形象、通俗地比作烹饪，通过如何烹饪出有滋有味的美食，来说明一堂好课的三重境界，以利学生学得有滋味。

上出“花样”来

我们的教学不能总是老生常谈，让学生缺乏学习的“食欲”。曾经听过这样一堂作文课——

教师说想象要新颖独特才有感染力，接着就问：“比如，我们可以把老师比作什么？”

“老师像园丁”“老师像蜡烛”“老师像春蚕”……

“老师要像汉堡包……”一个女生怯生生地说。

教师不解地问：“你为什么把老师比作汉堡包呀？”

“汉堡包虽然也是面包，但中间夹了菜，更加味美诱人，我们都非常爱吃。我希望我们的老师把枯燥的知识讲得生动一些、有趣一些，也像汉堡包一样吸引我们。”

“老师要像汉堡包”，这单纯而新颖的想象，反映了一个最朴素的道理：像汉堡包的教师，肯定不是那种老一套的教师，他会让他的课像汉堡包一样有滋有味。

首先，像汉堡包的教师可能会给知识加入一些有趣的“调料”。在教学中，这种“调料”常常表现为课首用故事、谜语、动画等情景导入，课中用探究、合作、游戏等活动切入，课后用实践、调查、搜集等拓展深入，这些教学形式交替进行或综合运行，并且调配得当、调节有度，符合内容的知识性质，符合学生的学习品质，那一定能烹调出教学的好滋味。

其次，像汉堡包的教师可能会给知识夹进一些“馅”。有一幅漫画，一位老奶奶将奶油夹进粽子里，做成了奶油粽子，让粽子别具风味，赢得了孙女的喜爱。在教学中，我们同样可以为学生制作一些“夹心食品”，丰富学生的学习口味，其“馅”可以是一些其他学科的资源。

例如，有一位教师在上“百分数的应用”数学课时，就夹进了语文课本中的诗画和音乐课本中的乐曲，让数学课因此充满诗情画意——

教师出示清代诗人王士祯的《题秋江独钓图》，并配上了古筝乐曲《渔舟唱晚》：一蓑一笠一扁舟，一丈丝纶一寸钩。一曲高歌一樽酒，一人独钓一江秋。

师：这首诗中哪个字出现得最多？这个字的字数占全诗总字数的百分之几？

生：诗中“一”字出现得最多，共有9个，占全诗总字数的32%。

师：诗人用字大胆，连用9个“一”使全诗妙趣横生，写出了“独钓”的那一份悠闲和自在。课后请每个同学找一首诗，诗中某一个字出现的次数至少占10%，然后有感情地朗读。

最后，像汉堡包的教师可能会给知识裹上一张神秘的“纸”，并取一个响亮的名字。这样做的目的就是要让食物能充分吸引人的注意力。在教学中，我们同样可以借助某些知识那充满神秘色彩的名字来引导学生学习，例如数学中的黄金分割知识，名字中的“黄金”两字足以吸引学生去追究其中的道理，探究其中的奥秘。

上出“营养”来

人们在形容饭菜品味时会说“色、香、味俱全”，随着饮食业的发展，慢慢地把“意、形、养”也加入了其中。同样，“烹调”一节好课也要具有“色、香、味”“意、形、养”。其中，“养”就是指课要给学生有益的营养，不但使学生知识得到增长、能力得到提高，而且情感、态度与价值观也得到升华，为学生一生的发展奠定良好的知识基础和思想基础。

有这样一个面包师，他做面包时，要有绝对精良的面粉和黄油；要有一尘不染、闪光晶亮的器皿；伴奏的音乐要美妙动听；打下手的姑娘要令人赏心悦目，四个条件缺一不可。否则，他便酝酿不出情绪，没有创作灵感……他从来不去想今天少做了多少生意，然而他的生意却出人意料的好，盖过了所有比他聪明、比他更想赚钱的面包师。

课堂也是艺术品，需要教学的艺术，需要教师创作的灵感。教学不能粗制滥造、“营养”不全，甚至劣制伪造、“营养”不良，否则会给学生造成不必要的麻烦和危害。面包师需要“绝对精良的面粉和黄油”，这是强调质量；需要“一尘不染、闪光晶亮的器皿”，这是强调健康；“伴奏的音乐要美妙动听”，这是强调氛围；“打下手的姑娘要赏心悦目”，这是强调情感。

教师要理解学生与生俱来的求知渴望，要给学生品尝知识、消化知识、回味知识的机会，让课堂成为学生寻找美食、选择美食、制作美食的地方。我们第一步要努力把课上得“悦目”——让学生“好吃”；进一步要努力把课上得“赏心”——让学生“吃好”。这样，形式与内容俱为上品的课才是优质课。

数学特级教师吴正宪提出小学数学课应该“好吃，有营养”。“好吃”指的是教学手段和方法，教师要运用符合学生年龄特点的方法和手段，使他们快乐地学习；“有营养”指的是教师要关注学生知识的掌握、思维能力以及解决实际问题的能力的提升。换一个角度说，这样的课堂可以称为“情智课堂”，其中的“情”对应着“好吃”这一特性，其中的“智”则对应着“有营养”这一特性。

上出“别致”来

有一次去韩国，一位韩国朋友请我吃本土烤肉。我们进店后落座，桌上一个小盒子里装着一根根晶莹碧绿的牙签。我心里正感慨牙签也能做得如此别致时，朋友竟拿起一根牙签，慢慢地咀嚼起来。看着我吃惊的样子，那位韩国朋友笑着解释：这牙签是用绿豆制成的。

能吃又能用，可谓吃出了别致。一物两用常常可以获得一举两得的效果，如果放到教学材料的创新设计上，无疑能够获得意想不到的效果。

有一位教师在发现全班学生的家庭作业完成得很好时，总会抓一把玉米粒放进一个广口瓶里。当瓶里的玉米粒装满时，就把它们爆成玉米花，给全班同学开一个爆玉米花联欢会。这种把奖品变成食品的日常性评价和过程性评价无疑充满了快乐，让学生不仅获得了精神上的享受，还获得了物质上的享受。

另一位教师的做法与其有异曲同工之妙，她将教学奖品巧妙地用在了教学用品上。这位教师在“认识毫升”一课的练习阶段，拿出了一瓶100毫升的饮料，奖给了一位表现好的男生，不过要求他当场喝完。接着，教师对其余眼巴巴咽着口水的学生提出了一个要求：“看一看，他一共用了几口喝完？算一算，他一口大约喝了几毫升？”如此有滋有味的教学活动，让学生吃下了美食，也吃下了知识。这样既能“一饱眼福”又能“一饱口福”的教学材料，如果用在新授课之后的练习设计中，常常能够再次掀起教学的高潮。

当然，一物两用之“物”不一定总是食物，发给学生的奖品也不一定总是食物。有一位教师在上一年级“认识图形”时，把奖品做成了五颜六色的贴纸，贴纸有长方形、正方形、三角形、圆形等各种形状。他将它们粘在自己的外衣上，根据教学进度，学生表现好或问题回答正确就随手撕下一个相应的图形粘在学生的外衣上，作为奖励。我们不难发现，这样的奖品，一个身份是评价材料——相当于传统的小红花、红五星，另一个身份是教学材料——成为学生认识各种图形的教具。

有这样一句话：“如果男人存在政见分歧，一桌丰盛可口的菜肴就能让他们团结起来。”在教学中，有滋有味的好课也必定能让学生团结一心，投入学习之中。

好的课堂，就是这样的

◎孙建锋

从教三十余年，上好课，我的体悟是，这意味着教师能和孩子一起安排自己的灵魂和时间，并且能创造性地过一种独一无二的课堂生活。课上，可以参悟，可以思辨；思而不执，悟而不陷。

上好课，意味着秉持用心状态，打造育人经典。

“像在场的千余名听课老师一样，看着你‘把孩子抱起’，我很感动……”一次，上完公开课刚回到家的我，便接到了朋友的电话。

“把孩子抱起，只不过是一个简单的动作而已，何至于感动？”

“你是从心里把孩子抱起的！”

好一个“从心里抱起”！本以为听者只识“师之音”，未料竟悉“师之心”！瞬间，我想起那天下午《做一片美的叶子》的教学场景——

“大树把无数的叶子结为一个整体。无数的叶子在树上找到了自己的位置。”结合生活实际，说说你对课文中这句话的理解。

五分钟的思考过后，学生们踊跃发言：

“班级好比一棵大树，它把40个同学结为一个整体；同学好比叶子，在树上都有自己的位置。”

“祖国这棵大树把56个民族结为一个整体，56个民族在国家里都有自己的位置。”

“公司这棵大树把很多员工结为一个整体，员工在公司里都有自己的工作岗位。”

当大多数学生都争先恐后地发表自己对课文的创造性理解的时候，我发现有一位短头发的小男孩，视线下沉，不敢与我的目光接触。

“与他对话！”我在潜意识里即刻做出了这一成功系数近乎零的决断，似乎有些“冒天下之大不韪”，因为台下坐着一千多名来自全国各地的听课教师，众目睽睽下，万一有个闪失，这岂不是“自找哭吃”？但偶然闪过的念头告诉我，常态下这种被放逐、被边缘化的学生，往往有一种潜在的、值得开发的教学资源，且我认为，这念头有刹那花开的美丽。

于是，我微笑着走近他，亲切地说：“孩子，你对课文中的这句话一定有自己的理解，愿意实话实说吗？我很想听到你的声音！”

他忐忑地站起来，低着头，像犯了一个不可饶恕的错误似的，手指使劲地捏着衣角，上牙齿咬着下嘴唇，鼻翼两侧冒出许多小汗珠。

我把手轻轻地放在他的肩膀上说：“聚光灯那么亮，观众那么多，你又是第一次上台，紧张在所难免，深呼吸一下，好吗？”

深呼吸之后，又迎来几秒钟的沉默，他终于抬起头看了一眼始终面带微笑的我，怯怯地说：“家把爸爸、妈妈和我结为一个整体，可是……可是爸爸妈妈离婚了……我跟奶奶生活，原来的家里再也没有我的位置了。”

说着，他哭了，伤心地哭了。

此时，整个会场很静，静得仿佛只有呼吸声。所有的目光都聚集在我俩身上。

刹那间，我躬身把他抱了起来，一如抱着自己的孩子。我一边用纸巾拭去他脸上的泪水，一边温柔地说：“孩子，我很理解你特殊的人生际遇，给你讲个小故事吧。海洋里有一种叫珍珠贝的小动物，每当有一些泥沙之类的异物进到它软软的身体里，它总是把它们温柔地包裹起来，使它们慢慢地变为一粒粒珍珠。其实，人有时也要学一学这珍珠贝，能够把挫折和磨难用心温柔地包容起来，日久天长，挫折与磨难就会化作心中一颗颗闪亮的珍珠！”

话音刚落，台下便响起了热烈的掌声。

……

“孙老师，你蹲下来看孩子，躬下身抱起孩子，那个小男孩，恐怕一辈子都不会忘记你把他抱起来的那一幕。可是，你怎么会想到这个‘招数’的？”朋友刨根式的拷问，打断了我的回忆。

“跟孩子学的呗！”

“跟孩子学的？”

一天，看到女儿抱着她饲养的白兔，她的动作那么轻柔、那么体贴，她把整个脸都埋入白兔雪白的长毛中，真诚、专注、温柔，充满了爱，那爱简直充溢着整个房间。

我感动极了，忍不住说：“来，让我也抱抱！”

我把白兔接过来，学着女儿的动作，把脸贴在白兔身上，感觉到白兔的毛温暖细致，但白兔却不安地扭动着。

女儿看了笑着说：“爸爸，你不能光是学我的样子抱，要真的从心里把它抱起才行！你看，小白兔都感觉到了呢！”

“多么经典的‘从心里抱起’！凡事都在于‘用心’。”朋友如是说，“你的话让我想起了毕生创作无数名画的法国大画家雷诺阿。有人问他为什么作品当中能够将女性的肌肤画得如此细腻、传神？他的回答是‘用心’。他画女性肌肤，总是不断用心地画着、画着，一直画到他会有一股冲动，想要去摸一摸画中人物的肌肤时，他就知道这幅画的美感已经达到了。”

“是的，这就是名画家绘画时的‘用心’状态。作为教师，在教学的过程中，我们如果也能像雷诺阿一样秉持‘用心’状态，就一定能够打造出许多发人深省的育人经典。”

意犹未尽中，我和朋友结束了这场精神双赢的“心灵对话”。

上好课，意味着缔造平等人格，享受对话精神。

当一元的、凝固的、排他的独白教学，极力标榜自己最正确、最权威，不同意别人对话，不承认第二种声音，不容纳第二种意见的时候，一种多元的、相对的、争辩的对话教学，在承认不同意见，聆听不同声音的同时，已经针锋相对地与独白教学进行“革命”了。请走进我执教《白鹭》一课的对话教学片段——

生甲：白鹭“那雪白的蓑毛，那全身的流线型结构，那铁色的长喙，那青色的脚，增之一分则嫌长，减之一分则嫌短，素之一忽则嫌白，黛之一忽儿则嫌黑”。此“鹭”只应天上有，人间哪得几回“见”。白鹭长得太美了！我真想亲眼看一看白鹭呀！

师：白鹭长得美，作者写得美，你赏得美！

生乙：老师，我发现这段话似曾相识，好像在哪儿读过！

师：是吗？在哪儿读过呢？

生丙：（恍然大悟）前些日子，您推荐我们读战国时代楚国文学家宋玉的《登徒子好色赋》，其中就有描写美人的佳句，“增之一分则太长，减之一分则太短；著粉则太白，施朱则太赤”。郭沫若先生描写白鹭青色的脚的语句可能是从这儿转化来的。

师：你爱联想，会勾连，善思考，不仅知其然，而且知其所以然。课文中，郭老巧于用古，化旧为新，值得学习！

生乙：老师，我不同意您“巧于用古，化旧为新”的看法。袁枚说过，诗有三偷——偷句、偷意、偷势。我认为，郭沫若先生描写白鹭脚的语

句有“偷势”之意。(学生们先是面面相觑，接着哗然)

师：我想谈一下对于“偷势”的个人见解。“疏影横斜水清浅，暗香浮动月黄昏。”当我们吟诵宋代诗人林逋的这两句诗时，有谁会想到这是出自五代南唐诗人江为的“竹影横斜水清浅，桂香浮动月黄昏”？当我们拜读莎翁名剧《奥赛罗》时，又有谁会想到那是出自意大利钦蒂欧的《夫与妻之不忠实》？艺术不是无源之水，任何一个民族、一个时代的文学都是在前人的基础上发展起来的，其中有继承、有创新，成功的化用应该是在原句基础上的别出心裁，得其神韵而自有境界。

生乙：老师，听您一席话，我佩服江为胜过林逋，佩服钦蒂欧胜过莎士比亚，佩服宋玉胜过郭沫若，因为前者是首创，后者是革新。(学生热烈鼓掌)

师：(走过去真诚地拥抱学生乙)我佩服你，因为你有思想、有个性！让我们以启蒙思想家伏尔泰的名言共勉吧——“我们的意见相左，但我捍卫你发表意见的权利”。(掌声雷动)

生乙：我也想来一次“偷势”，可以吗？

师：祝你成功！

生乙：同学们都说妈妈为我编织的毛衣合体，“增一点儿则嫌长，减一点儿则嫌短，宽一点则嫌肥，窄一点儿则嫌瘦”。

师：妈妈心灵手巧，女儿心灵“口”巧！

……

上述教例的精髓在于缔造平等人格，享受对话精神。

在人格平等的对话中，师生之间那种认知与被认知、灌输与被灌输、征服与被征服的关系被解构，一种民主的、平等的、互动的、共享的双赢乃至多赢的格局在建构。教师不再是高高在上的命令者，而是平等对话的参与者；不再是绝对真理的代言人，而是平等对话的精神领袖。

在人格平等的对话中，话语如涓涓细水，潺潺而流；心门似春之柴扉，轻轻打开。师生相互尊重、相互倾听，彼此敞开心扉，真诚地悦纳对方、肯定对方、赏识对方。彼此共享知识、共享经验、共享智慧、共享丰富多彩的生活。几十颗心，心心相印，沉浸在思想交锋、情感相融、心灵交会的场景里，吮吸、消融、同化，思维得以多方面的顿悟和升华，心灵得以全方位的净化和超拔。

上好课，意味着开阔教育视野，创造教材教学。

我们的教育视野要开阔，教学不能只教教材，而要用教材教，甚至要创造教材进行教学。

比如，在主题教学《秦兵马俑》中，有人从以下句段切入——

兵马俑规模宏大。已发掘的三个俑坑，总面积近2万平方米，差不多有50个篮球场那么大，坑内有兵马俑近8000个。在三个俑坑中，一号坑最大，东西长230米，南北宽62米，总面积14260平方米；坑里的兵马俑也最多，有6000多个。一号坑上面，现在已经盖起了一座拱形大厅。走进大厅，站在高处鸟瞰，坑里的兵马俑一行行、一列列，十分整齐，排成了一个巨大的长方形军阵，真像是秦始皇当年统率的一支南征北战、所向披靡的大军。

然后，就教材教教材：先找中心句——“兵马俑规模宏大”；再抓关键词——“规模宏大”；然后画出表现“规模宏大”的数字——“总面积近2万平方米”“一号坑最大，东西长230米，南北宽62米，总面积14260平方米；坑里的兵马俑也最多，有6000多个”；接着读出“规模宏大”；最后来个200字的仿写——城市的广场“规模宏大”。这种以本为本、就教材教教材的经验型教学，尽管看上去比较“实在”，但由于缺少围绕主题的教学创意，未免显得单薄老套，很难向人文素养的更深处漫溯，更难开阔学生的视野与格局。

故此，围绕“墓葬”文化主题，我基于教材文本创编了第二教学文本《巴顿墓碑》——

巴顿的墓碑立在欧洲腹地的卢森堡的一个很大的广场上，广场上整齐地排列着6000个洁白的汉白玉墓碑。它代表着二战中牺牲在欧洲战场的6000名美军长眠于此。每一块墓碑上都极简洁地刻着一个军人的名字和他的生卒年月，巴顿的墓碑也是如此。生前与大家生死与共，死后与大家相伴相随，他始终生活在普通战士之中。如果说他所指挥的第三集团军是一片足以淹死一切强敌的浩瀚大海，那么，他情愿认定自己就是一朵最普通的浪花。

教学时，有的学生认为，帝王（秦始皇）与将军（巴顿）级别不对等。于是，我又顺势而为，创编了第三教学文本《戴高乐的墓葬》。

有不少人以为，法兰西第五共和国的首任总统——戴高乐的墓地应该建在巴黎等繁华的大城市。然而，这位功勋卓著的老人安息在远离巴黎的科隆贝小镇。

科隆贝小镇距巴黎有数百公里，那里离最近的火车站还有十多公里远，而且没有直达的公共汽车。在墓群里，人们往往需要经过一番搜寻，才能在角落处找到戴高乐的墓。

戴高乐墓高出地面不到半尺。墓由白灰色的石头砌成。石面上刻着戴高乐的姓名与生卒年月。砌墓用的这种石头是最普通的，常用来镶马路边。来参观的人大多感叹：“这种简朴平凡的方式把一位伟人的品德表现得淋漓尽致！”

1970年11月9日，离他80岁生日不到两个星期时，戴高乐溘然长逝。按照戴高乐的遗愿，他的葬礼办得简朴而又平静，既没有乐队演奏哀乐，也没有人在教堂的弥撒上致辞。他的棺木由一辆军车运抵教堂，然后由他的几位老乡（其中有一名肉店伙计、一名奶酪铺掌柜和一名农场工人）抬进墓地，安葬在爱女安妮的墓旁。据说，戴高乐的棺木当时仅花了 72 美元。

“每座坟墓都埋藏着一个故事，没有故事的墓是空的。”教学中，我将三种“墓葬”文本组成了一篇发人深省的大教材，然后请学生围绕“墓葬”文化主题，对比阅读，写一写自己的阅读感受。学生各抒己见：

“可以理解，也可以甄别，时代不同，文化各异，墓葬迥然。”

“如果说兵马俑展现的是等级，那么巴顿和戴高乐的墓展现的则是无等级。”

“秦始皇兵马俑，规模宏大，私欲膨胀；巴顿和戴高乐的墓，形式简陋，人格伟岸。”

“可能会有不少人记住秦始皇兵马俑，记住它昨天的故事和今天的创收；也可能会有更多的人像我一样记住巴顿，记住戴高乐，记住他们生前的才华经天纬地、功绩惊天动地，记住他们死后那平凡至极的墓留给后人的思考与警醒。”

“巴顿与戴高乐无级别的墓折射的人格，是大写的人格，这种人格无国别。若秦始皇地下有知，他会有何感想？”

“我们认同兵马俑的文化与艺术价值，但同时也要审视其负价值，因为我们眼睛向下总是在古墓坑里打转的时候，别人已经眼睛向上，建造了宇宙空间站，正准备登上火星。”

……

创造不同的教学文本对比阅读，墓葬文化有了“比色卡”，不仅教师跳出了唯考是教的窠臼，更重要的是学生开阔了阅读视野，萌生了从历史、哲学、美学、人性的文化与文明的视角审视帝陵和墓葬的冲动。

教学“三悟”

◎凌龙华

我把在学校教书的三十年，视为“教育生活”，而把三十年的思考探索视作“教育生涯”。生活是感性的，而生涯是理性的，需要规划与反省。

关键的节点，得到关键性的帮助，是缘；而不期而遇的惑，得到外界的启迪，生发内在的觉悟，无疑是幸，是实现境界的飞跃。

无论是教育生活，还是教育生涯，如果一定要论“关键”，凭一己之力，可能就是寻找“行走中的自觉”。

教学之悟：源头在原著，需要“三思而行”

我是在尴尬中走上讲台的。那次是给学生讲《林黛玉进贾府》。自我感觉，选材高大上，而“参考”也烂熟于心。通过步步为营的诱导，我自以为成功地将“明是一盆火，暗是一把刀”的标签贴在了王熙凤身上。想不到，一个“不争气”的学生不服，众目睽睽下道出困惑——“刀”在哪里？课后，再读课文，汗颜。说真的，就事论事，节选部分，王熙凤给人的感觉只有温暖与火热，那把冷冰冰、阴森森的“刀”并不存在，至少是难以察觉！

怎么办？教学大纲是尚方宝剑，教学参考书是标准答案。偏离或放任自由解读，有统考失分之虞；而照本宣科、硬贴标签，一则难以服众，再则于心不安。

权衡再三，我鼓励学生读原著。读毕，水到渠成，豁然开朗。回头再辨析品味节选部分王熙凤的表现，一切尽在不言中。就那句出场台词“我来迟了，不曾迎接远客”，就足以让人领受凤姐的得宠、泼辣与狠毒。这一声与越剧《红楼梦》“哭灵”一场中宝玉撕心裂肺的呼号“林妹妹，我来迟了”，形成鲜明对照，一是冰，另一是火，水火不相容。

课文节选的是第三回，《红楼梦》刚刚拉开序幕，人物的性格与命运也才初露端倪。如果不作必要的铺垫，如果没有人物性格的整体把握，是没有资格揭批王熙凤的，更不能理解林黛玉初进贾府时“步步留心，时时在意”的千千心结。

有此一遭，日后的备课中，特别是对“节选”教材的备课，我都先溯源——完整地读原著，再参考教学资料，便胸有成竹了。

21世纪之初，多媒体应用时尚而风行。那时，我上公开课《林教头风雪山神庙》。同事建议：借影视声情并茂优势，造课堂生动热烈态势。我一时心动，欣然采用。课堂上，多媒体视频一放，学生兴趣盎然，十多分钟过去，意犹未尽。“由俭入奢易，由奢入俭难。”接下去的“互动”，基本运行在预设的课件平台上。文本丢弃了，课本靠边了，当掌声与铃声“精准”响起时，我心忽地一颤：这还是语文课吗？舍弃了文本赏析，“那雪正下得紧”的景物描写，还能散发出惊心动魄的洪荒之力？

事后的评课会上，确有专家婉转提出了“语文课姓什么”的问题。这是个寻根的问题，也真是个老大难问题。“工具性”与“人文性”的属性讨论一直拉锯，现在又冒出个要“老本行”还是要“新时尚”的技术论争，语文教学真是莫衷一是啊。

什么样的语文课才是好课？信息化时代，语文该不该拓展资源“炫富”，能不能用多媒体“炫技”？这些都是“惑”（困惑与诱惑），都值得探讨。问题的关键是不忘本，不忘语文教学的本行、本色。文本是根本，发现并鉴赏文字之美是语文教学应有的本分。

再次上《林教头风雪山神庙》时，尽管用了多媒体辅助朗读，但已更多的回归本行。当我在黑板上一字一顿板书“那雪正下得紧”时，感觉坐在身后的学生们屏住了呼吸。是啊，只要把描写雪景的文句从上到下铺排下来，那推动情节的作用，那烘衬人物性格的功用，不言而喻！

“读书，读书，再读书”，这是苏联教育家苏霍姆林斯基对青年教师的再三告诫。我的简单历练朴素地印证了这一告诫。读书乃教师的天然备课方式，而读原著则是教师最可靠的源头参考。三思而行，或可解惑。

备课之悟：诗外见功夫，应有“三轮备课”

我上课本能地拒绝模式化；书生意气与理想主义，让我天真地相信“教育是创造性劳动”。这在传统教育理论上属“当然”，但在“教育 GDP 化”的大背景下，却显得格格不入。

“带着理念进课堂”，就是我的“抗战宣言”。教育不应只是教书与解题，课堂教学也不应只为考试而存在。每回开课，我都背负着双重折磨：一是现实的应试教学又损失了一节课，二是满汉全席式的“富课”又炫耀了一回。权衡再三，我高扬起理念的风筝，从备课做起，用真功夫自我锻造。借“洗课”重塑“好课”，以品质的“优效”拯救一味量化的“有效”，把课堂出彩的机会还给学生。

首轮挑战“裸备”，努力在孤岛背景中一无所有地备课。事实上，直接从文本入手，披文入境，是对文本最本真的认证、最本色的解读。无参考备课，备的就是“文本”这一根本，考验的是有没有发现美的慧眼、能不能抓住要义的“名师”水准。

为给自己的实践鼓劲，哪管天高地厚，我把宋代理学大家陆九渊的

"我注六经、六经注我"作座右铭，而把国学大师王国维《人间词话》中的"有我之境、无我之境"作挡箭牌，移用为"有我阅读与无我阅读"。

"裸备"毕，进入第二轮备课——以课程目标、教学参考为主导的常规备课。有了"裸备"铺垫，再进入此等常规备课，境界显然不同。一是不再淹没于"既有"材料，二是不再拘泥于"既成"结论。每有"英雄所见略同"，则专家型教师的自信心更上一层楼；而每有"大相径庭"或"莫名其妙"，则反激起"学术商榷"欲望，无意中更向教研路上迈进。

教案的转型，便是学案。这是一个方案的两个方面，相辅相成。备课要整合好教与学，要尽最大可能发挥主导与主体的双重作用，不可顾此失彼、因噎废食。因此，常规备课是备教材与备课堂、备传授与备接受的"双向双备"。由此达成教学相长、师生共同成长。

胸中既有丘壑，教学游刃有余。常规备课保证了"有效"，而原创性"裸备"彰显了个性，让创造性劳动与教学的"优效"可望而可及。

备课不是教学的预设，而是教学的全程实施。因而，下课铃响绝不意味着教案（学案）归档。教学要出色、教师要有建树，很有必要追加上第三轮备课——反思性备课。这是将教案、学案提炼为"研究案"。有了这样的"研究案"，匠心贯注匠艺，而备课也就成升格为教师的"二度创作"与"一线研究"。

"三轮备课成名师"。从于漪、钱梦龙这些教育前辈身上，我看到了光芒与梦想。

科研之悟：研究在课堂，可兴"三环联动"

应该说，我对教科研的态度是警醒回旋式的。

第一转折：认同。这是在现实中碰壁之后的本能，同时得益于环境使然。大环境是新世纪掀起的第七轮基础教育课程改革，"忽如一夜春风来”，教育科研在中小学蓬勃兴起。小环境是我所在学校属新建窗口校，正创建“科研兴校”特色，而我的老上级原来就是引领全市教育科研的行家里手。

在其位谋其政。尽管“赶鸭子上架”，我还是挺顺畅地迈上了被苏霍姆林斯喻为“幸福之路”的教科研征途。基于实际，打出“愉快教科研”旗帜，宣扬“带着理念进课堂”。点燃的“三把火”之一就是共读教育原著。以分管校长身份开出的第一份教科研书目不是读“教育研究新论”，而是读“教育生活经典”。记得，有陶行知、叶圣陶等，外国的除苏霍姆林斯基、杜威等教育名家的经典著作，还推荐了马卡连柯的《教育诗》、亚米契斯的《爱的教育》、夸美纽斯的《大教学论》，甚至海伦·凯勒的《最伟大的教育》。教育生活丰富多彩，教育研究也应该春风化雨。

第二转折：责疑。接手教科研工作不久，我就被自上而下的课题风刮得站不住脚。从高校移植过来的课题研究，就像“城市化”一下子没商量地把参天大树移栽到新景区。景区立马蔚为大观，但立根与后继如何呢？依样画葫芦，闭门造车一两回后，教师干不下去了，我自己也做起了“甩手掌柜”——这哪是焕发活力的科研，简直是造假挂塑料花。

难道中小学一线教师的科研就是作陪衬人？我以教育随笔的形式，把一线教师的呐喊（困惑与渴望）传递了出去。问题即课题，伴随着教育生活的教育思考，理应成为中小学一线教师专业成长的亲切方式。

第三转折：探构。做“愤青”是痛快的，也是容易的；做有底气的挑战者与建设者则谈何容易。感谢21世纪的头十年，一切在创新鼓动下“摸着石头过河”。伴随着“嘈嘈切切错杂弹”，中小学教育科研得以草根生长，不拘一格，却独具一格。

近水楼台先得月。我所在的吴江，紧邻上海，在那里叶澜教授领衔的“新基础教育”正如火如荼。“新基础教育”提出四大“还给”理念（把课堂还给学生，让课堂焕发出生命的活力；把班级还给学生，让班级充满成长的气息；把创造还给老师，让教育充满智慧的挑战；把精神发展的主动权还给学生，让学校充满勃勃生机），彻底刷新了我的教学信条，让我在如沐春风中重构“理想的教育科研”。我的不少略有影响的“一线科研观”基本上在这一时期形成，并得到了最接地气的同行的呼应与颇得“天气”的专家的照应。

一般地说，教师的教是知识性的输出，而教师的写则是研究性的梳理。我的体会是：读书反哺教书，写书则升华教书，三环联动，或成正果。翻阅民国时期的教师（特别是语文教师）档案，你会由衷信服“写”的魔力。“写”开启教师的研究，同时最有效地催化教师由“匠”而“师”的转变。

从教三十多年，遇到不少的惑与解惑者。这是“关节”，通过了，有幸；而通不过，要害多在依赖与跟风上。儒家点拨，系“死于书下”；唯物辩证法强调，“外因是条件，内因是根本”。如果缺乏了“疑”，尤其对于如今坐拥优裕教学资源的教师来说，就无法进入深思考；如果缺乏了“悟”，教师就难以创新发展。

记得出发点，坚持梦想，保持警醒，教育才能成就“立人”事业。

我的课堂拒绝鼓掌

◎马志响

现如今很多公开课的课堂总是掌声不断，热闹非凡，很多教师甚至沉醉于此、满足于此。认为掌声迭起的课堂便是互动热闹、精彩纷呈的好课堂。掌声被认为是好课的调节剂，为了增加气氛，教师们是想方设法鼓动、调动学生鼓掌。掌声一度成为好课的标志和名片。而没有掌声的课堂被认为是沉闷的课堂、静止的课堂、缺少互动的低效课堂。各种掌声雷鸣的课堂就是好课堂吗？这引起了笔者的深思。

一青年骨干教师借班上课，执教的是苏教版第十二册《夹竹桃》。教师引导学生发现：全文是写夹竹桃，而第三节却只字未提夹竹桃，运用了对比、衬托的写法。此后，教师提问："此节作者为了赞美夹竹桃的韧性写了几种花，用了几行文字，但是呢，最终要落在一个词上，这个词是最重要的。"

"这么多的词，哪个词是作者最想表达的呢？"

几个学生的回答被判定为错误后，没有人再举手。

老师激励说："这节课我也在别的地方上过，我说，我的课堂有两大发现，这是第一处。谁能发现真的很了不起，智商肯定高！"

"看谁能最先找到？看谁的智商最高？"

在老师的激励下，终于有个男生慢慢地举起手回答："花开花落。"

老师欣喜万分，率先鼓掌，并发动大家为他热烈鼓掌。同时，还大声赞扬该男生："你回家后告诉你的爸爸妈妈，就说老师在课堂上给你测了智商，你的智商最高！"

这刺耳的掌声和"喇叭"般的表扬是对一个学生智商的肯定，更是对其他学生智商的否定。课堂上用雷鸣般的掌声表扬学生，被表扬的学生虽有了成就感，但没被表扬的学生则平添了失落感。教师有如"哥伦布发现新大陆"般极力赞扬学生聪明、智商高，反过来不就是批评其他同学的智商低下吗？这是会伤害大多数学生的自尊和自信的。这掌声表扬了一个，却可能打击了一大片，这不是另一种"歧视"吗？这样的激励方式实在令人遗憾。仅凭回答一两个问题就轻言学生智商的高低，是极不公正公平的。它是对课堂"以人为本"的践踏和挑战，对这样的课，应拒绝鼓掌！

让我们来看看另一位老师的课堂。有一位同学理解课文很是独到，班上同学不由自主地为他鼓掌，没有想到老师却对同学们说："对不起，我忘了给大家说，我的课堂拒绝鼓掌，请大家不要在我的课堂上鼓掌。"课后和这位老师交流，他说，课堂上的掌声往往只给优秀的同学，这样，能力和水平有限的同学可能始终无法得到同学们的掌声，久而久之他们会更加失望、泄气，以致自我否定，这是一种不公正。这点是很多老师所忽视的，而这位老师的做法和思考，却让我们眼前一亮。

现实中，我们发现很多课堂上表现活跃的总是那几个好学生，他们几乎包揽了课堂所有问答、活动、演练。大多数学生像看演出、看热闹的观众。笔者在最近一堂公开课中观察到，执教老师提问一个优秀女生近多少次。很多时候老师刚一提问，还未给大家留出充足的思考时间，优生就立马举手回答。老师也不是想着为学生指点迷津，常常为了追求标准答案和节约时间，总是喜欢让那些优生回答，让优生"打圆场"，以优生的正确回答来“以点概面”。可一两个优生的心领神会掩盖不了其他层次学生的迷惑。即使优生不负众望，站起来对答如流、侃侃而谈，课堂一下“柳暗花明”了，教师满意了，掌声不断响起，学生学习的真实效果又如何呢?

不仅如此，课堂小组讨论也总是优生滔滔不绝地发表观点，而后又总是他们代表小组发言、评价。优生在课堂上受礼遇之处不胜枚举：遇到难题教师总是一下子就让优生回答，课文朗读总爱请优生先试，课本剧表演总是优秀生崭露头角。为了公开课的流畅、顺畅、外表美，不少教师的课堂提问亦是围绕几个优生转，优生成了公开课的“招牌菜”……久而久之，课堂问答互动成了优秀生的专场，掌声、赞扬成了优生的专利，鼓掌则成了成绩平平者的专属。

教育公平应该像阳光一样普照大地。“同一的太阳照着他的宫殿，也不曾避过了我们的草屋”，莎士比亚描写的阳光的一视同仁，也应成为追求教育公平公正的目标。公正不仅包含分配的平等问题，而且包含分配的正义问题。韩愈说：“行而宜之之谓义。”一个事情正义与否，在于是否适宜，它关乎人的自然权利、价值和尊严。奖惩也应该秉承公正、适宜原则。掌声只为优生而鼓显然不“适宜”。甚至，每一次习以为常的掌声即是一次优劣（优生与差生）的划分!

教育的正义在于人的尊严和发展。遵循教育正义的原则，在教育实践活动中，我们应该尽量减少学生先天因素差异（比如智力水平和能力的差异）的奖惩。我们不能因为某某的答案精彩而鼓掌（这可能使某些能力稍弱的同学和后进生得不到掌声），但可以为他获得这个答案所付出的努力和采取的方法而鼓掌，即注重为“过程性”鼓掌。在奖励时，要与获得奖励的原因结合起来。公正课堂应该多针对后天自身的努力与否奖惩，从而使所有学生都能看到希望，都能得到机会，发挥“一个都不能少”的原则。让中等生、后进生有尊严地上课，满怀信心地前进，这是教育的应有之义。

三年级语文上册有一篇课文叫《掌声》，课文生动地记叙了因腿部残疾而忧郁自卑的小英的故事。小英因一个偶然的原因，不得不面对全班同学的目光上台演讲，让她想不到的是，同学们不仅没有嘲笑她，而且还两次把热烈的掌声送给了她。在这掌声的激励下，她鼓起了生活的勇气，从此变得乐观开朗起来。在小英看来，这掌声中有鼓励、有肯定、有赞美，给了她信心。这样的掌声是这个特殊孩子内心需要的，是最美的！我们现实课堂中的掌声同样理应多一些尊重、激励和关爱，应当响起如《掌声》一课那样的掌声。我们更应该清醒地认识到，不是优生更需要掌声，而是困难生、后进生、特殊生更需要掌声，更需要鼓励、尊重和关爱！

我们能还给学生真正的阅读课吗

◎汪　琼

一条微信，一直在各公众号、朋友圈转发，一定是触动国人共同的心弦，比如曹勇军老师赴美访学，亲身体验一遭美国语文教育、阅读教育后写下《我们欠学生真正的阅读课》一文，又一次刮起讨论语文教育的旋风，风暴中心就是美国的语文课，风暴内外就是中国的语文课。

文章说，美国语文课很多不用教材，学生们读完整、真实的书，每学年一般会读完 5~7 本书，实在不爱读的学生，就听有声读物或者参与小组讨论。阅读教学模式主要为主题式研究型小说阅读，阅读书目不少是畅销书，比如《灿烂千阳》《偷书贼》等。主题研究型小说阅读重视文本细读，常用做注释、填表格等方法梳理情节，把握细节，深耕文本；重视批判性思维的培养，几乎无讨论不成课；注重将阅读和生活连接，倡导探索式写作，充分利用写作，让学生展示自己的阅读思考，表达自己的阅读理解，促进自我成长。有的教学设计对我们而言，无异于天方夜谭，却妙不可言。比如，科迪老师上过这样一节课：你读过的小说中的人物会把选票投给谁？当时美国大选如火如荼，科迪老师事先选出五位总统候选人：希拉里、特朗普、桑德斯、卢比奥和克鲁兹，并从“移民问题、难民问题、社会问题、伊斯兰问题、对外武力干预、领导风格”六方面概括介绍每位参选人的特点，一人一张大海报，悬挂在教室墙上，要求学生阅读5位参选人的海报，选出自己阅读的小说中的人物，推断他可能会给哪位候选人投票，并把理由写在便利贴纸上，粘贴在对应的海报上，替小说中的人物投票。学生很乐意当这样的代言者，填选票，写理由，贴到对应的候选人海报下，并聚集在候选人海报前，指指点点，议论纷纷。学生们认真倾听，据理力争，互相反驳，好像真是在投票一样，没有人觉得这只是一次虚拟的语文课堂活动。活动结束后，老师追问学生："你是否同意同伴的决定，为什么？"并让学生反思这项活动对自己的帮助等。

这样的语文课堂在美国是否是常态呢？从相当于欧美高考的SAT（学术能力评估测试）语文试卷命题看，应该是的。比如，2015年法国高中会考文科考生作文试题为：

1. 尊重所有生命是一种道德义务吗？

2. 我是由我过去的经历所塑造的吗？

3. 对法国政治哲学家亚历西斯·德·托克维尔《论美国的民主》中的一段文本作出解读：无论什么时代，或多或少总是存在着专断的信仰。信仰产生的方式不同，其形式和对象也会产生变化；但是完全没有信仰，就是说没有人们不经争论、放心接受的意见，那是不可能的。

……

不论文科、理科、艺术学科，统统给三道题，让考生三选一；不论哪一科，三道题里的前两道题都是议论文，让考生针对一个实际的问题，做出自己的判断，并陈述理由。议论文的题材，绝大部分是在考生身边发生的成长议题、社会议题、公民议题；不论哪一科，最后一道题无一例外，都与哲学有关。给出一段哲学文本，要么让考生解读、阐释，要么让考生点评、分析，对着经典，你要发表自己的看法。从命题方式和内容可以揣测其命题的良苦用心：让考生直面实际问题，或针对某些形而上问题描述、分析事实，形成自己的判断，并陈述理由。如果平时不进行类似阅读、思考、练习过程，面对这样的考题，他们的学生一样无从下笔。同时我们也可管中窥豹，了解欧美国家的教育目的和评价方式如何清晰地引导教育方向和日常教学行为。

曹勇军老师问美国同行为什么这样教语文？他们振振有词："学习不仅仅是为了上大学，而是为了自己的一生。"他们言辞切切："语文不是教书而是教人。"这样的做法和说法让曹老师特别振奋，说要一起努力，把真正的阅读课还给学生。

但是，我们真能将真正的阅读课还给学生吗？

逐条来看——

语文教育，作为意识形态，当然有它的上层建筑，比如教育目的、体系和评价。我们教育目的设计框架肯定也是为了培养人，但遗憾的是，具体落实起来还是有偏差，比如围着中高考转，或无法兼顾人的多样性和发展性。为了实现一些基础目的，已形成对应的教材体系和评价方式，比如语文试卷，从小学到高中的试题并没有质变，只是题目的范围、难易程度有所区别。比如每年都会引起讨论的高考作文题，为了避免雷同和猜题押题，已是绞尽脑汁到怎样都不得人心的地步，更不要说同欧美SAT（学术能力评估测试）中作文题相提并论。而这样的区别还是表象，根本分歧在于教育目的是什么，怎么落实。本质是看不见的，却是最重要的。

语文教育，作为物质形态，亦有它的中观层面，比如教育惯性。各级各类、各种名目的语文课堂，多是关注语文这块田，字词句段篇章，语法语感语用，环环相扣，步步为营，高潮迭起，一堂课比一出戏还精彩。绝大多数公开的课堂，孤帆远影碧空尽，唯见老师天际流。名义上以生为本，其实学生只是课堂的点缀，只是课堂华丽织锦上添的一点花儿而已。当然，也不乏一些有远见有胆识的老师做各种探索，比如张祖庆老师非常有创意的语文综合实践课，但一些著名的语文专家听课后痛心疾首呼吁：“语文老师要有语文意识，不能种了他人的田，毁了自己的园！”好像张老师一节课，就能毁了语文天地一样。在国家正在开设综合实践课程、提倡项目式学习的今天，很多与语文教育相关的人还在画地为牢。

语文教育，还有它的微观层面——语文教师，他们作为语文教育具体执行者，就算能看出教育目标在实施过程中的偏颇摇摆、评价体系单一无奈，但从读书到教书、从比赛课到观摩课乃至家常课，历历在目的都是新课导入、初读感知、品读深入、读写结合等基本模式，还在要“螺蛳壳里做道场”，教学设计只是在教材大纲范围内打转转，叫他们如何越雷池一步呢？人，都是惯性动物，就算见识了许多教改新风包括海外学习人员带回来的海外风浪的冲击，无非感叹几场、抱怨几句，又回到现实中。当然庞大的语文教师队伍，从来不缺乏行动者，但除了教材、教参之外，自己都没读过几本儿童读物的教师，怎么谈指导孩子读整本书？大约八年前，我执教《青铜葵花》共读课，不少教师进教室，看到大屏幕的标题，纷纷打听：“这是哪一篇课文？是人教版还是北师大版呢？我们怎么不知道呢？”

当然，教师群体的教育境界、视野、方法，通过一轮轮培训学习，慢慢可以改变，实际上也正在或已经改变不少。周围环境呢？如果我们还给学生真正的语文课、阅读课，势必要挤压训练、做题的时间。起始阶段，成绩一定会有起伏。我们都知道阅读培养的是终生学习者和思考者，但对于拿到眼前的分数，做题比阅读暂时能立竿见影也是不争的事实，在义务教育阶段更是如此。我们还必须承认另一个现实：近视的人其实越来越多。这样的博弈现场，教育管理者、教育中不同道者、最急切的家长、最切身的学生又会怎么反应？提倡并践行真正阅读课的教师又该如何承受并坚守呢？

逐条分析下来，似乎我们真不能还给学生真正的阅读课。可是，从地心说到日心说，虽然哥白尼付出生命代价，但宇宙中心无法确定，现在终于成为人类的共识。如果美式语文课是语文课的方向，那么无论现阶段教育目的如何得不到落实，习惯如何深陷，教师如何徘徊，功利大潮如何裹挟，语文教育最终还是会向着光明那方走去。10 年前，绘本在大陆几乎是新生事物，知者寥寥；今天用绘本开发各色课程的，几近雨后春笋。

我们正在还给学生真正的阅读课，在乱花渐欲迷人眼的语文环境里，可能只是一部分人的课堂行为。甚至对很多语文课堂来说，还只是一种理想。但，请给真正的理想以时间和行动，它一定会慢慢走成现实的！

语文老师，别只“递话筒”“挤牙膏”

◎纪现梅

“学生提不出问题，怎么办？”

QCC（问题、对话、合作）课堂的核心就是由学生提出问题，所以，在进行教师培训的过程中，不止一个老师这样问。

我本想说，学生不会提不出问题，因为好奇心是人的天赋，是上帝送给每个人最珍贵的礼物。

但是，我基本不这样说，因为，自由、安全是孩子能够和敢于提出问题的土壤，如果孩子长久以来，失去了这样的土壤，那么，他就真的失去了这样的本能。换句话说，我也不知道是不是会出现这种情况，虽然我没有碰到过。

所以，当老师这样问的时候，我常常说，如果学生提不出问题，那就先由老师来示范。

但是，事实上，这个问题，确实是个假问题。

针对高尔基的《海燕》，学生提出这样的问题：是一只海燕还是一群海燕？

读过文章之后，我们就知道，文中既不是一只海燕，也不是一群海燕，而是“一类”海燕，这直指本文最主要的写作手法：象征。

针对《向沙漠进军》，学生问，“‘进军’是什么意思”“为什么要向沙漠进军”“怎么向沙漠进军”。

是什么，为什么，怎么样，这是我们认识任何事物的核心问题。

所以，我们真的不必担心孩子提不出问题，提不出有价值的问题。关键在于，他们问题中蕴含的价值，你看得出来吗？

让我们看《孔乙己》的一个课堂实录片段：

生甲：老师，第一段为什么要说“这是二十多年前的事，现在每碗要涨到十文”？

师：好，谁来帮她解答？

生乙：这是为了说明物价上涨，人民生活水平下降了。（笔者按：作者为什么要说物价上涨、人民生活水平下降？说话不完整。）

生丙：不对，我想应该是间接说明孔乙己生活的年代，因为读者从小说后面的落款日期“1919年”就可以判断那是20世纪初发生的事。（笔者按：作者为什么要交代这是20世纪初发生的事情？语焉不详，说话不完整。）

师：好，出现不同看法了。同学们想想哪个意见更有道理一些啊？

生：后面一种意见有道理些。（笔者按：所有同学意见一致，让人怀疑；只有观点，没有根据。）

师：对，我也同意后面一种意见。（笔者按：你为什么同意后一种意见？只有观点，没有根据。）在这里，作者主要还是为了交代时间背景。

我们为什么要上语文课？为了训练学生的表达能力，口语表达和书面表达。无论口语表达还是书面表达，完整、有条理、有根据都是表达的底线。在上面的对话中，当学生表达不完整、说话无根据的时候，老师没有任何指导和帮助，任由其发展，老师为什么这样？因为，老师也不懂，老师自己也是信口开河。

这样的语文课，价值何在？

贾平凹的《落叶》教学中，学生问：叶子在落下来之前什么样？

问题的答案基本是在文章的1、2段：

窗外，有一棵法桐，样子并不大的。春天的日子里，它长满了叶子。枝根的，绿得深，枝梢的，绿得浅；虽然对列相间而生，一片和一片不相同，姿态也各有别。没风的时候，显得很丰满，娇嫩而端庄的模样。一早一晚的斜风里，叶子就活动起来，天幕的衬托下，看得见那叶背面了了的绿的脉络，像无数的彩蝴蝶落在那里，翩翩起舞；又像一位少妇，丰姿绰约的，做一个妩媚的笑。

我常常坐在窗里看它，感到温柔和美好。我甚至十分嫉妒那住在枝间的鸟夫妻，它们停在叶下欢唱，是它们给法桐带来了绿的欢乐呢，还是绿的欢乐使它们产生了歌声的清妙？

于是——

有学生说：没风的时候，丰满、娇嫩、端庄。

有学生说：背面有了了的绿的脉络，像无数的蝴蝶。

有学生说：像一位少妇，风姿绰约，作妩媚的笑。

学生的表达存在什么问题？

第一，信息不完整；第二，说话无条理。

面对这种情况，老师做什么？帮助他们，教给他们方法——说话完整、有条理的方法。而不是殷勤地递话筒，然后一点一点地挤牙膏，直到把所有自己想要的牙膏都挤出来——老师不能跟在学生后边挤一辈子牙膏吧？

以这个问题为例：

第一步：从文中勾出所有能够回答这个问题的信息。（提取信息）

枝根的，绿得深，枝梢的，绿得浅；对列相间而生，一片和一片不相同，姿态也各有别。没风的时候，显得很丰满，娇嫩而端庄的模样。那叶背面了了的绿的脉络，像无数的彩蝴蝶落在那里，翩翩起舞；又像一位少妇，丰姿绰约的，做一个妩媚的笑。

我常常坐在窗里看它，感到温柔和美好。

第二步：把上述信息分类，看看是从哪几个方面进行描述的？（分类思想）

再读后会发现，是从颜色、姿态、感受三个方面来说的。

第三步，用自己的语言，有条理、具体地表达出来。（整合思维）

叶子掉落之前，作者从三个方面写了它们的样子：首先，颜色，有深绿有浅绿；其次，姿态各别，没风的时候，丰满、娇嫩、端庄，有风的时候，背面绿的脉络了了，像彩蝶舞蹈，又像风姿绰约的少妇妩媚地笑；最后，感受温柔、美好。

从学生零零散散地说出一些信息，到能够完整、有条理地把话说清楚，这个过程，是需要老师帮助和指导的。

怎么上课，教师才喜欢

◎贺承德

北京十一学校著名历史教师魏勇先生曾写过一本书——《怎么上课，学生才喜欢》，书名本身就充满了思考和诱惑力。都说“文史不分家”，这也应该是值得我们这些语文教师关注的重大课题吧！

上课铃打响了，我带着魏勇老师的两句话走进了教室。这两句话，一句是“千万不要忘记自己曾是学生”，另一句是“上课要给学生惊喜”。那时候的课堂纪律，局部还是有一些骚动的，就像是一群人在赶集。我的做法是以柔克刚，以静制动，后发制人。

在“沙沙”声的伴奏中，我在黑板上写下“武术最难的是____”。讲台下有七嘴八舌读这道题的声音，紧接着是异口同声地读。学生们已经把音频纳入正轨了，学习的直通车，从此可以“扬帆远航”。

学生们求知若渴的目光，是清澈的爱泉。我的话语权，被他们的沉默掬捧起来了。沉默是思想在走路，我相信他们的判断力，一定能够营构出一座美丽的花园。

我的话匣子处在打开模式，竟然也是一个小喇叭。开始广播吧：“中华武术博大精深，少林功夫更是非常了得。是的，我们不是武打冠军，也不是武术宗师，但我们似乎也可以对这个问题发表一下评论。”

武术最难的是什么呢？有的说是无敌鸳鸯腿，有的说是铁砂掌，有的说是无敌乾坤脚，有的说是蛤蟆功，还有的说是降龙十八掌，答案林林总总，不一而足。这样的论调能够站稳脚跟吗？我不敢苟同。是我该把自己的参考答案和盘托出的时候了。我语重心长地说："武术最难的是基本功！"学生们猛然惊醒，大有拨云见天而见日中的感觉，一个个眉飞色舞。

"语文考试最难的是 ____"，我追问着。受前面的教育艺术的启发，学生们的思想隧道打通了。"语文考试最难的是基础知识，尤其是记忆类的问题"，这个答案犹如晴天霹雳，在教室里炸开了锅。语文考试最难的题，往往不是课外的，而是课内的，课内最难的应该不是阅读理解与写作，可能只是记忆而已。死记硬背，记住了，就手到擒来；记不住，就无功而返，就只能置身于束手无策的尴尬境地。

学生们的填空题做得这么棒，不知道他们的判断题做得怎么样？我的问题的核心没有变，只是把问题的包装换了。

"把学过的知识'格式化'，我的大脑就成了一个空壳。这种说法对吗？"我乘胜追击。有的学生回答说，"如果把学过的知识全部忘掉，剩下的就是'干货'，就是能力。我的大脑既有一间'水货'的储藏室，又是一个'干货'的加工厂。水货，权且可以理解为在大脑里开辟出一处地方，当作别人的思想的跑马场，让拖泥带水的知识，在这里滋生蔓长。干货，则可以理解为我的能力在闪亮，我的创造会发光。"

接下来，学生们富有美感的答案，更是激发了我的收藏欲和欣赏欲——

"把学过的知识'格式化'，我的大脑就成了储存能力的'百宝箱'，成了独当一面的大将，成了脱缰的红鬃烈马，成了一部恢复了出厂设置的手机，成了创造的家园，成了梦的起源地，成了思维的天堂，成了蛮荒之地的开拓者，成了思想爆发的小宇宙……"没有了思想包袱的"圣斗士星矢”，轻装上阵，他们的能力真的让人刮目相看。

事物往往总是有两面性的。这时候，我能够明显地感觉到，学生们的答案在走极端路线，只是这个极端长相俊俏、甜美罢了。其实，学生们在往“可爱”的方面想，也可以往“可怕”的方面说，同样能诞生新的思想的种子——

“把学过的知识格式化，我的大脑就成了黯然失色的玫瑰，就成了失魂落魄的小鬼，就成了被绿洲抛弃的沙漠，就成了被勤奋秒杀的‘坟场’，就成了失去了翅膀的蝴蝶，就成了碟刹片失效的赛车，就成了失去战马的骑兵，就成了不能结茧的毛虫……”

在书本上，“怎么上课，学生才喜欢”是魏勇老师的功劳，他在智慧地思考。他是那样说的，也是那样做的，既是语言的巨人，又是行动的高标。“怎么上课，教师才喜欢”，我这个凡师，也在努力地寻找，不求立刻找到一把万能的钥匙。也许有一万把钥匙可以打开同一把锁，而我能够找到其中的一把，就心满意足矣。理想不能一蹴而就，即使是昙花一现，也不必一蹶不振。就像是一场快乐的“捉迷藏”游戏，必须由我的“童子功”来亲自完成。退一万步来说，即使一把钥匙也没有找到，“过程重于结果”，我想我也可以享受这段美好的“长征之旅”。

怎么上课，教师才喜欢？如果教师连自己的课都不喜欢，都不想让它变得令人喜欢，他的课又怎会有人听呢？他的身后，又怎么会有一个强大的“粉丝团”？

照本宣科，我不喜欢；满堂灌，我不喜欢；课堂教学因纯粹的机械记忆而浑浊成了一潭死水，我不喜欢。人心都是肉长的，情同此理。“长此以往，国将不国”，这样的课堂，是束缚学生的能力发展的一副沉重的枷锁。

解放课堂，从解放学生开始；解放学生，从解放教师开始。因为思想解放了，所以生活在广袤里的天地里。我们是学习的主人，而不是匍匐着的奴隶。

第四章

有趣的生活

教师可以在培养自己广泛的爱好当中发现新的知识、新的科学，以利于辅助我们的教育教学工作。同时，一个情感丰富、知识渊博的教师，在课堂上也更能激发学生的学习欲望，引导学生进入知识的广阔园地。

点亮自己就是照亮别人

◎王永根

前不久，在网上看到一个帖子："教师奴隶化，学生祖宗化；加班日夜化，翻身是神话。"作为老师的我，心里五味杂陈。

当老师，工作压力大。教学要成绩，班级管理要效益，大部分的时间和精力都在工作上。踏进学校的第一步就是一天忙碌的开始，下班铃声响才是一天工作的暂时结束；回家还要继续备课，想着白天留下的一堆没有完成的事情，休闲、锻炼、辅导孩子，想都懒得想，就别提真的去做了。自我调节，那只是挂在嘴边的一句解嘲的话罢了。

可是，"八个小时之外，是教师多情而又美好的第九个小时"，教师应是一个有文化、有内涵的群体，八小时之外的生活，也应当是更加美好和细腻的。

我有个业余爱好，就是"玩石头"。

十年前，我毕业后被分配在一所农村初级中学任教。这是一所不到200名学生的乡镇初中。记得第一天去学校报到，偌大的校园只有屈指可数的几位老师来回穿梭，显得异常空荡。中午在食堂吃饭，看着周围都是四五十岁的中年老师，想到今后漫漫无期的单调的教学生活，眼泪忍不住地在眼眶里打转。

我们学校坐落在大山怀抱之中，处处高山连绵，山峦起伏，重峦叠嶂，烟云缭绕。在郁郁葱葱的高山下，蜿蜒一条小河流出，这里蕴藏着丰富的奇石资源。

我与石头有缘，童年就酷爱家乡小河畔那五彩斑斓、娇小秀美的鹅卵石。现在，在教学之余寻觅奇石已成为我的一大嗜好。我以亲近自然、认识自我、怡情悦心为目的，如痴如醉地坚持寻觅奇石。无论春夏秋冬，我经常到学校附近的小河畔，去细心地翻拣奇石。

雨后的河水清莹澄澈。河畔上呈现一片光洁润泽、赏心悦目的鹅卵石。那千姿百态的形象石几乎俯拾即是，而纹理清晰、色彩艳丽的图案石也时而可见。只要耐心翻拣，反复品鉴，常能寻得上好的石品。每当我获得一块精美的好石，都会欣然若狂，并深切感受到这里地红、山绿、石更美。

多年来，日积月累，我已寻觅得多种石品数十件，其中大者如磐石，小者如鸡蛋，我常将它们摆放在我宿舍门口的空地上，供自己和同事、学生观赏。每当课余，我都要走近那些趣意天成的奇石，轻轻抚摸，遐思联翩。这些奇石中，其形象，或如人物，或如动物，或似草木，或似山水景观，它们构成有韵的图画和抽象凝神的雕塑，融大千世界于一石，无不令人惊叹大自然的神奇。

这些石品，其具象，栩栩如生；其意象，形神兼备，意境深邃，令人遐想联翩。不少奇石的造型和画面的意境，能折射乡土风情。如“箩筐石”，一块娇小秀美的鹅卵石，在灰蓝色的石肤面上，几条明快的白色纹理环绕石体，恰到好处地勾画出一个惟妙惟肖的箩筐，令人联想起当年朱德用箩筐挑粮上井冈的生动故事。特别奇妙的巧合是，有些奇石还活灵活现地让我想起了班上学生的个性：热情、开朗、敏捷、机智。如“泥鳅石”，因石头肤面似泥鳅鱼体的光滑，在水中难以捉住，让我想起了留守学生。做他们的思想工作，只有耐心、细心，才能走进他们的心灵世界。这些天雕神赐的自然杰作，宛若名家所作，令人神往。千金易得，奇石难求。我对寻得的一块块精美绝妙的奇石，如获至宝似的珍惜和善待。

“点亮了自己就是照亮了别人。”于是，我更爱充当“孩子王”的角色。渐渐地，课上，我的学生聚精会神、热情高涨，我们一起学知识、玩游戏……课下，我和孩子们一起品鉴我寻觅来的各种奇石，与学生一起快乐地学习，快乐地生活。

老师的爱好，因修养不同、个人兴趣不同、追求目标不同而各有区别。老师可以在培养自己广泛的爱好当中去发现新的知识、新的科学，以利于辅助我们的教育教学工作。同时，一个情感丰富、知识渊博的老师，在课堂上也更能激发学生的学习欲望，引导学生进入知识的广阔园地。而且，老师在培养自己兴趣、爱好的同时，也在不断地陶冶自己的情操，逐步完善着自己的个性品质。

一灯如豆，四壁清辉。在物欲横流的今天，总有人对金钱、权力趋之若鹜。在与石头的接触中，我坚定了自己对信仰的执着、对爱的坚守、对生活的宽容。老师的“八小时之外”，点亮了自己，也就有机会照亮别人。

黑白方圆润心田

◎刘　强

平生最爱围棋。八小时之外，徜徉在黑白方圆间，在成败得失中体验思维的乐趣。沉浸在棋局，气定神闲，身心愉悦，恰恰是一种健康养生之道。闲暇时，和自己的学生对弈，拉近了师生关系；假期里，参加一些围棋比赛，更结识了各地棋友。围棋给自己的生活打开了一个广阔的天地。

这个寒假，我报名参加了南通市举办的 2018 年春季围棋赛。按规定，我参加 4 段组别，并不指望能升段，愉悦身心而已，用围棋比赛的方式休闲度假。

赛场上成年人很少，略有些不自在。转念一想，为了自己的爱好，为了传统文化，有何顾虑？也就释然了。

第一局，棋行中盘，我在对方下面一块棋里冲一步，可先手便宜一下。谁知，小棋手随手一挡，这样只要点进去一手，他的大块棋就会毙命，棋局也就会随之结束。毕竟年龄大了，反应稍慢，我以为他会退，就赶紧去左侧围空。他马上发现了问题，迅速地补了一手，可仓促间补错了位置。机不可失，我正准备落子杀棋，他意识到了错误，把已经放好的棋子拿了起来，然后放在合适的位置。这显然属于悔棋犯规，我本来想制止并告诉裁判，可看到小孩子可怜兮兮样子，心有不忍，也就默认了。

我很快就为自己的宽容付出代价，险些酿成宋襄公式的错误。中腹的棋，我补棋不简明，他把我右边一串棋子巧妙地割下，这样棋局均势瞬间被打破，形势堪忧，不觉有些懊恼。

经过冷静思考，加之早就盯防着，我果断放出胜负手，对他左边大龙展开排山倒海般地猛烈攻击，他左冲右突，没能挣脱包围圈，也没能瞪出两只眼。最终，我中盘胜出。

第二局对手是来自福州的小棋手，白白净净，胖胖乎乎，很可爱，棋局波澜不惊，我执白 178 小胜。第三局、第四局，经过劫争乱战，跌宕起伏，我均中盘赢棋。顺风顺水，波澜壮阔，我竟然豪取四连胜，迎来了当天最后一局的比赛。

为了比赛，我特意带一副便携式围棋，还准备了几本围棋书，晚上独自一人在宾馆打谱、训练，如同老师上课前精心备课一样，以便让自己找到比赛的感觉，进入最佳状态。

第五局对手倒是位成年人，比赛间隙，和他有过交流，他就住在附近，也是一名语文老师。和我一样，年轻时，受中日围棋擂台赛影响，恋上了围棋。

他的棋风平平淡淡，甚至老老实实，一退再退，一让再让。很快就要收官了，我执黑，若无变故，盘面 10 目不可撼动。我心想，这样的棋力，他此前怎么赢下四盘？不觉有些懈怠，有些分心。

谁知，风云骤变。我走了一个随手，他在中腹挤断吃下我的三颗子，形势顿时吃紧。其实，他一直在麻痹对手，稳扎稳打，静待时机，等对手犯错，然后果断出击，这或许就是他的棋风。我忘了围棋给我的启示，人在任何时候都不可得意忘形、自以为是，要居安思危，要谦逊奋进。

这时，不吃掉一块棋，贴目困难，难以获胜。经过观察，发现他左边的棋有破绽，此前就准备攻击，没有计算清楚，觉得也没有必要，现在必须痛快淋漓。我先阻断上下棋的联络，然后通过弃子完成战略大包围，经过打劫最终把他大块棋吃掉。我以为他会投子认输，谁知他对我右下的棋展开疯狂进攻，使尽冲、挖、断、靠等各种手段，期望浑水摸鱼。好在我冷静应对，不出昏招，一边收官，一边打劫，死活不成问题。他用时告罄，裁判判负。

第二天的最后两局，我也顺利拿下，以小组第一，七战全胜晋级5段。赢棋的喜悦感和幸福感，真是无可比拟。对局过程中，仔细判断，大胆出击，懂得取舍，冷静观察，敢于创新，并最终赢得胜利。通过比赛，对围棋的理解，对人生的感悟，又有了新的提升。

“围棋有五得：得好友，得人和，得教训，得心悟，得天寿。”这两天的比赛，使我结识了来自全国各地的棋手朋友，与几位小棋手成了忘年交，和这位老师同行更是成为好朋友。一位来自山东的小棋手，虽然输给了我，但他反而和我亲近亲热，比赛间隙，不离不弃。我也鼓励他冷静应对，仔细判断，敢于拼搏，最终他也成功问鼎。他妈妈还留下联系方式，希望我能在网上指导他的棋艺。第一天比赛结束，那位老师恰好住在宾馆附近，我和他一起步行回去，一路上谈论围棋，谈论比赛，似乎久违的朋友，有说不完的话题。我们相约，有空可往来无锡南通，再在棋盘上交流。

记得亚里士多德说过，人唯独在闲暇时才有幸福可言，恰当地利用闲暇是一生做自由人的基础。确实如此，对我而言，用围棋比赛的方式休闲度假，修身养性，滋润心灵，感受围棋的美好，享受比赛的快乐，是再幸福不过的事情了。

活跃在地方文化领域

◎黄行福

我是一位乡村中学语文教师。我所工作的学校——江西省南丰县傅坊乡中学，既是我的母校，也是我现在任职的单位。1983年大学毕业后，我就来到了这里，没有离开过，尽管也曾有过诸多改行与进城工作的机会。

对这片生我养我的土地，我有着深厚的感情。认识它，书写它，建设它，就成了我业余生活的一大内容。

2014年4月，我接到了县文化局书记，同时也是我大学同学打来的电话。他告诉我，县里将成立地方文化研究中心，主要进行地方文化的搜集、整理与研究工作，问我是否感兴趣。我在20世纪80年代的时候，曾经对文化研究痴迷过，也读了不少文化理论方面的书籍，对中西文化，多少有点了解。于是，我的答复是，先报个名。5月，召开了一个县文化界有关人士参加的座谈会，会上，广泛征求了对南丰地方文化研究的意见。那次会议上，我提出了自己的意见和建议。这个建议，后来还被整理成文字，刊载在《文化南丰》的第一期上。当年7月18日，“南丰县地方文化研究中心”正式成立。成立大会上，我从县领导手中接过了红彤彤的聘任书，成为首批特约研究员。我感到肩上的担子沉沉的，必须在业余时间，为南丰文化研究发挥自己的作用，贡献自己的智慧。

研究什么？我虽然生长在南丰，工作在南丰，但真正要把南丰文化作为一个研究课题，却成了一个难题。我忽然想到，南丰不是傩舞之乡吗？就先从南丰傩舞开始吧。虽然我国傩舞的研究已经有了丰厚成果，但对南丰傩舞的研究，则仅仅处在资料收集、整理阶段，真正的理性研究还没有完全展开。于是，我着手搜寻占有资料，先后购买了《傩文化与艺术》《中国傩文化》《傩·傩戏·傩文化》《江西南丰傩文化》等书籍，并抓紧时间阅读，边阅读边思考，将书本上的理论与南丰傩舞相融合。在不长的时间里，我陆陆续续写出了《解析南丰傩舞的生命意识》《“现代”视野下的南丰傩舞》《另眼看南丰傩文化》《南丰傩文化与民众心理》《南丰傩舞关键词》等文章。不久，这些文章中的大部分，都被刊载于《文化南丰》这一内部刊物。文章被刊载，让我又从这一领域看到了自身的价值。以前虽然也读过不少教育书籍，写过不少教育文章，甚至还出版了教育书籍，但在地方文化的研究中崭露头角，则是另一种收获。

从此，我一发不可收拾了，利用业余时间，在南丰文化的这一领域，发挥自己的兴趣特长，又陆续撰写了一些文章。例如对宋代以来南丰书院教育发展的研究，以及对古代南丰籍道士、道教神霄派创始人王文卿的研究，我都是花费了一定精力的；也写出了《宋代以来南丰书院教育发展简论》《王文卿逸事》《王文卿何以能成为道士中的“大腕”》《王文卿道教生涯中的“重要他人”》等相关文章。

作为南丰人的骄傲，曾巩虽早已引起国内外专家学者的重视，曾巩研究的成果也颇为丰硕，但与曾巩在文学史上的突出地位相比，还存在着一定的距离。我这个乡村语文教师，文史爱好者，自觉有这个责任，也有这个义务，对这位南丰人的先贤进行一番研究。于是，我又在网络书店上进行搜索，准备邮购一批相关书籍。因为，我知道，要搞好任何一项研究，比较全面地占有资料，是至关重要的第一步，然后才是研究方法、研究态度等。于是，我邮购了两个版本的《曾巩传》，还购买了《曾巩评传》《唐宋八大家——曾巩》《曾巩诗文选译》，这是最初购买的几本关于曾巩的资料。随着自己对曾巩了解的不断深入，我又陆续购买了《曾巩年谱》《曾巩资料汇编》《曾巩集》等书籍。

对曾巩这位大家的研究与思考，我才刚刚开始，还是个小学生，需要不断学习，不断理解，不断领悟。但是，我借着“研究”曾巩这个机会，到今天，至少对这位唐宋大家有了更多、更深的了解。而实际上，就凭我这样一名乡村语文教师，要真正拿出有影响的成果，并不是一件容易的事情。但我至少努力过，至少在业余时间里，对曾巩的文章、诗词，阅读过，思考过，也许这就够了。

撰写村志，则是另一让我痴迷的领域。

一天，我刚下课，就接到了我老家村里的书记打来的电话，说见个面聊个天。一到约定的地点，一看，都是熟人，聊得正开心的时候，书记发话了，说是想请我写本村村志，且拿出了一本样书给我。我是一个长期与文字打交道的人，与文字打交道，对我而言，是一种享受。于是，我满口答应。因为，做这件事，一来可以挑战自我，二来可以重新认识一番自己的故乡。

村志，是以文字为载体的乡土文化，是更“接地气”的地方文化。所以，村志的撰写，就面临着两个问题：一是资料的收集，二是文字的撰述。虽然写的是我的故乡，但直到那时，我才意识到，自己虽然生在这里，长在这里，可故乡的真面目，却未必熟知。于是，我利用平日的业余时间和暑假，常常出入在老家的村头、小路，采访，拍照。还利用电话，询问村里在外务工的人员。经过一段时间的努力，资料基本收齐。怎么撰写，则又是一个问题。

自古以来，中国的志书就比较发达，志书撰写也有着优良的传统，应当继承。再说，近年来，我频繁接触南丰地方文化，经常查阅县志，对志书撰写也有了自己的理解。于是，我把“接地气”作为自己撰写村志的第一要求。在尊重事实，不虚美、不判断、不抒情的原则下，写出以村民为第一读者的有特色的村志，就成了我撰写村志的宗旨。经过一段时间的努力，在编委会成员的协助下，全县第一部村志终于出版发行。村志发行后，得到了村民的首肯，也得到了县、乡、村领导的高度评价。现在，在我回到故乡时，乡邻们经常夸赞村志写得好。还值得一提的是，正是因为这本村志，让县、乡领导更了解了我的故乡。在今年的秀美乡村建设中，我的故乡成为全省首批秀美乡村建设示范点。

此外，我还参与了本乡一些旅游景点开发的文字撰写工作，为故乡的文化建设贡献了自己的才智。

我能够利用我的业余时间，为故乡的文化建设做点贡献，乐莫大焉！

当然，地方文化的积累，也将为我的教育人生添彩。下一步，我将把自己的这些积累运用到语文教学工作中，开拓语文教学新局面，走出一片新天地。

极夫游之乐

◎李　硕

老张常年在外，在各个大陆间飞来飞去。

对他来说，“地圆说”是经验事实，对我而言，却只是科学结论。

去年，得知他的行程不再是什么普罗旺斯、巴塞罗那、伊斯坦布尔，而是我们这个籍籍无名的江南小城时，我在狂喜之余，感到了一点点紧张。

高兴的是，虽然我们毕业后联系较勤，但见面的机会却很难得，我有好几年没见他了，这也是他第一次造访敝地。慌的是，他来了，我要带他去哪里转一转呢？毕竟，现在能入他法眼的景色，不多罢？

我很想制定一个颇有新意的计划，最后也实在是巧妇难为无米之炊。

那一天，我绷着心中的弦，领他去看到我们这里远近闻名的古村。果然，一路下来，他没怎么停留，也许，西塘、乌镇的景象先已印刻在他脑子里，这些村落也显得很平凡罢。当晚，我又邀请他去县城的河边散步看夜景。他不愿折腾，说老朋友好久不见，只需在我家附近随性地走一走，并说，城市夜景而言，见过香港维多利亚港的夜景，别的都无足观。后闲聊中，他说起希腊见闻，提到爱琴海，又有“曾经沧海难为水”之叹。

我们聊了很多，也唤醒了许多久远的回忆。他说得没错，他此行的目的是会友叙旧，只是很想尽到地主之谊的我，神经过于敏感了。

但那审美疲劳带来的深深惘怅，却勾起了我的阵阵联想。

每每从荧屏、手机或者杂志上了解到那些令人叹为观止的美景，我都会有出去走一走的冲动。老张每一张在朋友圈里上传的游玩照片，也都能让我羡慕不已。可是，自己又常常恐惧于最终没有这个能力和勇气，去冲破现实给我织的网，走进一个更为辽远的世界，欣赏造物最感得意之处。我的生活虽不至于像颜回那样箪食瓢饮，但也往往捉襟见肘。若和子贡那般，“亿则屡中”，倒也能无所顾忌地壮游天下了。我自知不及老张远矣，年岁渐长，又越来越能平和地接受自己，率性而为，以致“不善治生业”都成了我的自解之词。

但反过来一想，要真个开足了眼，“五岳归来不看山，黄山归来不看岳”的话，是幸还是不幸呢？遍尝世界的美景之后，又如何对眼前的平凡景物始终保有一颗怦然跳动的心呢？我由此想起了佩索阿的解答，它与“除却巫山不是云”，显然是矛盾而冲突的：

一个人为了摆脱他的单调，必须使存在单调化。一个人必须使每一天都如此平常不觉，那么在最微小的事故中才有欢娱可供探测。在我日复一日的工作当中，充满着乏味、重复、不得要领的事情，幻象使我神不守舍：遥远海岛的残梦，在另一个时代的花园大道上举行的种种聚会，不同的景象，不同的感觉，另一个不同的我。但是，平心而论，我意识到如果哪一天我真的得到了那一切，它们就会无一例外地不再是我的了。

我一直被这种单调护佑。相同日子的乏味雷同，我不可区分的今天和昨天，使我得以开心地享乐于迷人时间的飞逝，还有眼前世间任意的流变，还有大街下面什么地方源源送来的笑浪，夜间办公室关闭时巨大的自由感，我余生岁月的无穷无尽。

这解答或许悲观，甚至命人惶惑，生起一番阴郁而难以排解的心绪，却未尝没有道理。孔子说：“登东山而小众鲁，登泰山而小天下。”这个顺序是自然的、合理的，但不能反过来，先登泰山后登东山，因为这样的话，孔子在东山上一览无遗的壮怀激烈就会大打折扣。

王安石游褒禅山，中道而废，继而又后悔自己未得“极夫游之乐”，他说：“夫夷以近，则游者众；险以远，则至者少。而世之奇伟、瑰怪、非常之观，常在于险远，而人之所罕至焉，故非有志者不能至也。”至于我，恐怕这辈子，都不敢再奢求饱览什么“世之奇伟、瑰怪、非常之观”了。我只想从容地在平淡的生活中汲取足以维持生活新鲜感的养料，像佩索阿说的那样，即使在最微小的事故中都有欢娱可供探测。

况且，在王徽之雪夜访戴、兴尽而归的随性洒脱面前，王安石的偏执穷理又未免有些迂阔可笑了！

而得益于现代旅游业的兴旺，许多人的足迹也称得上是遍布四海了，但他们却多是在同样的节假日里进入同样的景点，走过相同的路线，在几乎相同的位置上驻足，拍下有着同样构图的照片，购买流水线上批量生产出来的工艺品，消费标准化的现代旅游产品，他们既没有王安石那样的执着，更不及王徽之那般潇洒。陶渊明并未做任何的位移，追寻什么如今听上去已有些滥俗的“远方”，但“常言五六月中，北窗下卧，遇凉风暂至，自谓是羲皇上人”，这里面的丰足，却不是现代人仅仅是它在陋室之中，轻易体验得到的。

我于是想起今年三月，某日午后在河滨东路上散步时，隔江平视，发现河中沙洲有一抹艳丽的黄色，十分好奇。正好前方两公里处有一条乱石垒成的围堰，恰还没有被河水淹没。闲来无事，就慢悠悠走了过去。半个多小时后，我踏上了地势起伏坎坷的河心洲，踩在松软的大概是被翻耕过的土地上，继续走上一公里路后，才明白原来那一抹黄色是一片油菜花田。

这使我感到意外。因为，在各种旅游攻略中，在宏村，在婺源，油菜花的黄色海洋配着白墙黛瓦已成人们孜孜以求的美的范式。可当我走进这花田的小径中时，所见到的却迥然不同，我的视线越过花海，环见出立其上的两岸高楼。蜜蜂在这片被喧嚣的城市所包围着的世外桃源里辛勤采蜜，对它们来说，我这个不速之客也没造成任何的干扰。

这样不抱预定目的地由着性子闲转，反而能别觅异趣，其中自得处，是难为外人道的。正如那天傍晚，我载老张返回县城的路上，他忽然要求下来走走。我不明所以地停好车后，跟着他走进只有七八户人家的张村，不顾两条羸弱土狗的狺狺狂吠，径直走到一条河边。一条有着优美弧度的板凳桥横跨水面之上，一层薄薄的青雾正贴着河面随风而动。浣衣的村妇，朦胧暮色中撑一支长篙的老人，对岸及远处的青山，在这一刻构成了一副宁静的水乡图景，连空气也显得清新而芳香。老张忽然说："怎么样？敢不敢上去走走？"

正是这节外之枝，使许久未见的我们，再次处在同一个频度上，接收到同样的讯息。

穿针引线

◎李小黑

周末，不同的人有不同的过法，有喜欢旅游的，有喜欢聚餐的，有喜欢逛街的，还有喜欢补觉的。对于这些过法，我都不是很认同，我是个典型的“宅女”，对双休日我有自己的看法：旅游太累，聚会太吵，逛街太花钱，补觉腰受不了。我觉得最舒服的还是待在家里。

洗衣服，抹桌子，买菜做饭，零零碎碎的家务活儿很快便会耗去一上午的时间。睡过午觉，我才有空打开电视机，拿过针线笸，将自己窝在宽大松软的沙发上，一边看电视，一边做针线。丈夫衬衣上的扣子松了，缝上；女儿运动衣的袖子开线了，缝上；我的袜子被脚趾头拱烂了，缝上……这些都是必做的功课。一件好好的衣物，不能因为烂了个窟窿或者开了几个针脚就扔掉，那多可惜呀，国家正提倡节能减排呢，缝缝补补，能穿就穿！

烂了的衣服需要缝补，不合适的衣服也需要修改——裤腰松，打个褶儿；袖子长，裁一截儿；就连半大款的，我也可以大显神通将它缩成短版的……像这样修长改短的活儿我常做。我们一家三口买的大多都是特价的衣服，特价衣服便宜是便宜，可是不是尺码不合适，就是款式不合适，反正总会有这样那样让人不太满意的地方，这时候，不动动“手术”，你是休想称心如意的。其实大街上也有专门修衣服的铺子，就是价钱有点贵，听同事说她给儿子在牛仔裤上打个补丁都要十元钱，我可舍不得。我有一双巧手，即使没有缝纫机，我也一样可以把活儿做得精巧细致。为了让自己干得更起劲，我会一边飞针走线一边在心里算计：修裤腿能省五元钱，截衣袖能省三十元钱，袜子补好了，就不用买新的了，又可以省去三元……省到即是赚到，我高兴，冲着丈夫开玩笑说："看你媳妇儿多能干，又给你挣了几十元钱。"丈夫不说话，只是笑。他笑，我也笑。

如果暂时没有需要修改的衣物，我就会把电脑搬到衣柜旁边，一边看电视剧一边将不打算再穿的衣服整理出来。卖相好的，就找一个干净的袋子装起来，放到楼下让有需要的人捡了去；不适合送人的就留下来，有的剪成抹布，有的改造成包包。

我用旧衣物加工过好多个包包。

别人送给女儿一件穿小了的旧棉衣，现在连女儿穿着也显得小了，我就将棉袄拆开，做了一个厚厚的坐垫绑到椅子上，结果还剩下两个大口袋没派上用场。这两个口袋很漂亮，袋口系着蝴蝶结，下摆镶着荷叶边，扔了实在可惜。我端详了一阵，动手将两个口袋缝合起来，再把袖子上的蝴蝶结拆下来当包带，一个漂亮的手提袋就做成了。拎着出去买菜，心里美滋滋的。

女儿去年升了高中，初中的校服就没用了，尤其是那条红蓝色的方格裙，看起来又旧又毛糙，实在不适合送人了。我想，这样的颜色，这样的面料，做一个环保购物袋是再合适不过的了，在它的左右两侧再各加一个小侧袋，用起来会更方便。这个袋子自做成之后就一直装在我的背包里，分量轻，体积小，携带方便，是我居家旅行的必备神器。每次到超市购物，收银员问我要不要袋子的时候，我都会自豪地回答说："不用，我自己有！"环保，从我做起，我像一位技术高超的魔术师，在掏出购物袋的那一刻，成功地将自己秒变为环保达人。

我有一条牛仔七分裤，裤腿有点紧，自从过了四十，我就再也穿不得紧绷绷的衣服了，我打算将它修成短裤。剪下的两截裤腿上有闪闪发光的水钻，粘成了四瓣花的模样，看着这两截漂亮的裤腿，我实在舍不得扔掉，就将裤腿颠倒过来，做了两个一模一样的收纳袋。在衣柜上贴个粘钩，把收纳袋挂到粘钩上，女儿零零碎碎的小物件儿就算有了“家”了。

一年多的时间里，我陆陆续续做了十几个包，有的送人了，有的留下来自己用。我最得意的是一个食品袋，那是用从旧包上拆下来的侧袋加工成的，带着拉链，装在我的背包里，里面有时候是几颗水果糖，有时候是几颗溜溜梅，什么时候饿了，胃不舒服，就可以拿出来抵挡一阵。

其实，我钟情于做针线，在乎的并不是能做出些什么或者能产生多大的价值，我享受的是那个缝缝补补的过程——想一想吧，阳光从窗外柔柔地斜进来，被纱帘上的图案分隔开，形成许多个形状各不相同的细碎光块，懒洋洋地洒在阳台的地面上。在这样一个温暖明亮的午后，一位小妇人坐在客厅的沙发上，低着头，专心致志地穿针引线。即使生活中有再多的不如意，即使工作中有再多的伤痛和疲累，在这样美妙的午后，也都烟消云散了。

这样的画面，想想都令人心醉，而我，就是这位画中的小妇人。我坐在那里穿针引线，缝合起来的，不光有衣物，还有岁月，还有心情，还有理想和未来！

乘车记

◎梁天许

还是从两年前的秋天开始说起吧。

已是处暑，可天气仍然热着，“秋老虎”的余威犹在。崭新的校车里充斥着刺鼻的汽油与橡胶的气味。

汽车从赤城路到巾山路，再从柏叶路拐到大洋路，最后又拐回柏叶路。车在闹市行驶，不是撞上红灯就是遇上堵车，一路靠靠停停，没有三四十分钟怕是到不了学校。有人多等了十几分钟，不耐烦了；有人迟到了一分钟，只得改乘公交，一天心情都受到影响。

车过中心菜场，车窗外人头攒动，芸芸众生为了生存每天重复着琐屑的活计。崇和门附近，虽是单向通行，但三条道路的车流汇集到一处，无论何时都是一个“挤”字。往往从家里走出时还是晨光熹微，到达学校时早已红日高照。

晚上，大家都已疲倦万分，可街道旁的霓虹灯却闪烁着诱人的光华，人们悠闲地散着步。大酒店、游乐场门口进进出出的悠闲之士，他们脸上写满了轻松与惬意。回顾车内，顿生隔世之感。

“早上 7 点出门，晚上 9 点回家，一天 14 个小时哪！”

“我每天跟孩子交流的权利都被剥夺了。早上出门，孩子还没醒；晚上回家，孩子就已经睡了。”

“要是自己有一辆车子该多好啊！”

“谁叫我们没钱呢？”

…………

试想，那些日子谁能有好心情呢？大家的生活圈都在老城区，习惯了蹬几脚自行车或者步行几分钟便可到校上班的生活，可如今，每天都要花费一个多小时在路上。数十年下来，该有多少时间消磨在车上呀！

一段时间后，乘校车的人数有所减少，有人买了新车，有人搭上了便车。

秋去冬来，乘车的人又有了明显的增加。尤其是早上，几乎客满为患。校车上的话题越来越广，除了工作，还涉及家庭、社会等方面。随着话题的深入，心与心之间的距离也缩短了。谁从哪里上车，谁在哪里下车，大家都心中有数。车来得早了，有人马上掏出手机催促一声；路堵了，有人通知下几站的人耐心等候。接到电话的人上车先道声“谢谢”，车厢里平添了几分暖意。

讲的话多了，难免有错，有些话语也会引起一些不必要的矛盾，但不管怎样，最后总能达成共识：车上聊天嘛，权当休闲，有话一吐为快，不必较真。

最早爱上乘坐校车的是孩子们，不用约定，他们一上车就占据了车子最后面的连排座位，或游戏，或谈笑，有时也大打出手，生机盎然。

初冬的早晨，窗外大雾弥漫，车子穿行在雾海中，车灯的光芒也不再刺眼了。雾气就在窗玻璃外缭绕，看得清一颗颗悬浮的小水珠，不禁想掬一把雾气入怀。不知是谁惊呼一声：“太阳！”哦！真的，滚圆的太阳失却了往日的神采，病恹恹的，一脸橙红，如同红气球般悬在空中，可爱极了。

有时，天空无端地飘起了雨，丝丝缕缕的，玻璃上的雨滴越积越大，窗外的景物迷糊了。直到有一滴忽然承受不住重力的牵引，顺势往下一滑，竟划出了一条“小溪”，无数条“小溪”互相交织，斑斑驳驳的，映入眼帘的是一个光怪陆离的世界。骤雨袭来时，又是另一番情景：雨点噼噼啪啪，车厢内则隐隐升起一团薄雾。车前的雨刷不停地摆动，再看窗外，路上的行人早已披上了雨衣，撑起了雨伞，没带雨具的忙把手中的物件顶在头上，急匆匆地寻找避雨之所。于是，车上的人便庆幸自己坐在车上，才有了心思欣赏窗外的雨景和人们躲雨的百态。

春天来临，巾山路两旁玉兰的苞蕾害羞似的从枝头凸鼓出来，连缀成一片粉色。过了些时日，花苞渐渐胀大，有几个花骨朵裂出了几片瓣儿，仿佛做某种试探。一度，花儿却不肯轻易绽放，正如待产的婴儿，迟迟不肯降生。终于，在一场“随风潜入夜”的春雨之后，满城的玉兰花悄然尽情吐艳，似火焰，如红霞。“晓看红湿处，花重锦官城”，一街的美景让人迷乱了双眼……

两年下来，我们目睹了临海市中心商业街从打桩到落成的全过程。灵湖也在这段时间里逐渐建成，放眼望去，成群的白鹭翱翔于芦花浅水边。环灵湖建筑群也相继建成：体育中心、华侨宾馆、云水山庄、湖畔尚城……新城区初具规模。

有一天，前排的两个孩子停止了说笑，凝望着窗外的青草坪。良久，一个说：“我最向往的生活是在一望无际的草地上，养几只洁白的兔子，吃饱了的兔子在草地上一个劲地奔跑，一家三口在后面紧紧地追赶，直到满头大汗，气喘吁吁，然后再仰面朝天躺在草地上，看着天上的白云……”另一个说：“我也向往这样的生活。”我被他们感动了。说真的，这样的生活谁不向往呢？

著名美学家朱光潜先生曾提出人生的艺术化就是人生的情趣化这一论断。虽然我们都奉行“工作着是美丽的”这一信条，但我们快乐的着眼点往往在于事业有成带来的满足感以及工作报酬带来的物质享受。只是，我们并非事事都能如愿。

然而，就拿乘校车来说吧，当我们学会欣赏窗外的风景，懂得与同车的人一起交流自己的思想，或者随心所欲地想自己所想时，不也增添了生活的情趣吗？

就这样爱上了虫子的江湖

◎郭静娟

原来不知道，一只虫子的名字也可以很美丽：螽斯、豆娘、丽甲、跳蛛、金钟儿、丝带凤蝶、斑衣蜡蝉……况且，它们自身的精致和美丽，又远过于此。原来不理解，汪曾祺在描写我们熟悉的瓢虫时，为什么亲密地称它为“花大姐”，说它是上帝亲自做了来送给外孙女的礼物。他还用一种充满爱意的口吻说：“我说吃马铃薯嫩叶的瓢虫，你们就不能改改口味，也吃蚜虫吗？”

和大多数人一样，看到它们，我感到讨厌、畏惧，于是无视、躲开。“虫子”就像是丑陋的代名词，令我浑身发痒，也令我更加热爱洁净清冷的冬天。我不明白为什么有人会深情到用“眷恋昆虫”来做书名。当然，偶尔遇到好天气，我也会在一个菜园子、一处草地、一丛野花旁边站一会，矫揉地感受一下“草在结它的籽，风在摇它的叶，我们站着不说话，就十分美好”的心境，但仅此而已。至于梭罗所说的“哲学走向荒野”，和“一草一木栖神明”的诗句，则停留于文字，无法走进我的内心。

所以，我从来都没有发现，那些我不以为意的地方可能恰好是一处秘境，是一个浩瀚的江湖。有无数精彩的剧目，正不动声色又惊心动魄地上演。

直到某一天，我在同事高的微距镜头里遇见它们。为之惊艳，为之咋舌，为之瞠目：

一粒花生米一样大小的姬蜂悬茧，垂挂在芦苇秆上，纯净到让人过目难忘。一棵小桃树的斑驳树干上，泊着半个“小陶罐”，犹如精致而拙朴的工艺品一般，它竟是我们熟悉的夏日“刺毛”，即北方人口中的“洋辣子”刺蛾，在完成毛毛虫生命历程之后留下的杰作。这刺蛾之茧，还有个好听的名字：“雀蛋”。诗词中常常出现的“蛾眉”，果真来自古人细致入微的观察。高用微距镜头记录下蛾子的一双触须，极细极柔，排列精致整齐，像极了古代仕女精心描绘过的美眉。还有和蜻蜓很相似但个子较小巧的豆娘，两只哑铃状的大眼睛似有着人类读不懂的好奇心。最为奇葩的，是一种名叫“广翅蜡蝉”的若虫，竟然有花朵一样的尾巴，淡绿色，形状恰如一朵合欢，一朵棉花，或者一团柳絮，甚至一尾金鱼……

一虫一世界。在高的微距镜头里，我不仅看到了一只虫子的美艳，也看到了一只虫子的智慧、爱心，以及一只虫子的艰难生涯。虫子竟然也是有表情的，且丰富得让你难以想象；虫子竟然也是有手艺的，还一心一意秉承着工匠精神。虫子也深谙生命的哲学，在那个隐秘的江湖里，一直在和世界进行着各种战斗或妥协……忍不住傻傻地想，如果虫子也有语言，那么它们在草叶间记录下的历史一定会比人类的更丰富。在它们面前，我们不能不喟叹，所有的生命都是上帝的杰作，不论大小，都值得尊重。

听高讲述他的拍摄故事，我突然间就懂得了读过的一首诗：“夕阳倒映在水塘，假如足以令你愉悦，那么爱情、美酒，或者欢笑，便也无足轻重。”不得不承认，确实有一些时刻，我们怀着兴趣做某件事，痴迷其中，并不是为了获得更多的知识。想来，高独自背着相机行走在草叶之中，他一定是沉醉在一个常人所不理解的世界里。就像诗人雷平阳说他年少时，在夏日里总喜欢一个人待着，“蓝色的天空是打开的，田野是打开的，夏天的河流是打开的，它们只要腾空一个角落，就足以成为我的天堂；它们只要给我一根青草，青草上就会有蜻蜓、蚂蚱、青虫、露珠和蜗牛，给我一朵油菜花，花上就会有香味、汁液、蝴蝶和花粉。”

一个一个故事记录下来，一幅一幅画面定格下来，同事高竟然不知不觉完成了一本《虫子的江湖》，还成了《读者·原创版》的“摄影”栏目专栏作者。他说：“如果你爱上了昆虫，你便和世界上大多数生命站在了一起。”

也许是出于好奇，不知不觉地，我竟也逐渐爱上了虫子的江湖。我也会独自带上相机来到旷野，来到阔大的自然，用镜头定格那些原先不曾在意的画面。在镜头的拉伸缩放之间，我终于懂得，它们的美丽和丰富远远超出了我的想象。我喜欢坐在柳树下等一只鸟儿落到树梢，也会起个大早去田埂上看草叶上的蚂蚁和蚜虫如何相处；我会用镜头对着冬天樱花树的树干，为了一只奇怪的蝽把快门摁个不停，会为了玉米叶上不停奔跑的瓢虫琢磨好久；我也已经能一眼就看出在凌霄花叶中隐藏得极好的小青虫……我真心希望，春日里，我也能在大自然的博物馆里，记录下它们或长或短的生命里的精彩瞬间，成为荒野之美的捕捉者和无所用心的生命欣赏者，成为许多神奇故事的发现者和想象者。

客家妹子的讲解员生活

◎叶慧敏

我的家乡——龙南县，是一个有着悠久历史和浓郁客家文化的地方，我对客家文化一向很感兴趣。之前尽管凭着兴趣，搜集过一些信息，可这都是些碎片化的信息。

我的家乡在 2016 年开始开展全域旅游，要在全县范围内选拔优秀讲解员，并将会对选拔出来的优秀讲解员进行一系列的培训，以承担起在龙南县首届旅游文化节为八方来客做讲解的任务。我看了一下文件上的培训内容，都是我感兴趣的内容。作为老师，别的本事不说，我对自己的口才还是蛮有信心的，于是就兴致勃勃地报了名，一路过关斩将，经过数月的大小比拼，终于进入了前二十强。

这次选拔，真正打开了我了解脚下这片土地的大门，大大拓展了我生活的深度。

一年多的时间，我和小伙伴们去了许多以前从未涉足的地方。这个我曾自认为很熟悉的家乡，展现出了我之前从未见识过的神奇风貌。

我的家乡有大大小小 376 座围屋，被誉为“世界围屋之都”“中国围屋之乡”。

这些围屋形态各异，各具特色。有前方后圆的乌石围，有楼层最高的燕翼围，有八卦形的栗园围，还有被称为“围屋之王”的关西新围等。

在这些有着几百年历史的围屋间行走，就像行走在历史的时光里一样，这些古老的围屋，无声地诉说着曾经的辉煌与艰辛。我们的客家祖先，因为战乱，因为天灾，因为各种各样的原因，不得不离开故土，筚路蓝缕，在险恶的自然环境、复杂的宗族械斗、烽火连天的混乱年代中，艰难求生存，终于在这片土地上扎下了根。

正是因为这样险恶复杂的环境，使得我们的客家围屋的建筑高度强调防御性，客家围屋的防御性可以说是达到了登峰造极的地步。

对此，民间有这样一句话："上有见血封喉，中有铜墙铁壁，下有千年不腐。"这句话是什么意思呢？"上有见血封喉"指的是围屋的房顶上，围屋主人放置浸有毒液的铁钉，这是为了防止敌人从屋顶攻入；"中有铜墙铁壁"指的是围屋的墙体由复杂材料夯筑而成，其厚度可达到一到两米；"下有千年不腐"说的是，在围屋的底部有千年不腐的梅花桩做底，这是为了防止敌人挖地道从底部攻入。这正是对客家围屋防御性的高度概括和生动描绘。

客家文化的美妙之处，当然也不仅仅是我所说的这一点，我们每天所说的客家方言，其实也是古汉语的活化石。当我们第一次知晓这一信息的时候，都感到非常神奇，觉得自己与历史有了有温度的连接。我们每天都讲着客家话，可是因为过于熟悉，我们从未去感受客家语言的美妙之处。那一刻，我们就像咂摸到了一颗滋味奇特的糖果。我们的老祖先在几百年前，就赐予了我们的这颗糖果，直到现在，我们才用全新的视角去感受它，那感觉，就像刚记事的孩子，在新年里发现枕头下的红包一样惊喜。

客家方言不仅能说，还能唱。而且越是年长的人唱得越地道，哪怕这些老人家连大字都不识一个。

在我们去围屋踩点的时候，就遇到了这样一位有趣的老奶奶，这位老奶奶头戴冬头帕，穿着客家传统的斜襟大蓝布褂。她驼着背，脸上密布着深深的皱纹，用一根木棍挑着一个花包袱。看到我们一大群人就兴致勃勃地跟了上来，张着没牙的嘴，兴高采烈地跟我们聊天。我们怂恿她唱客家山歌，老奶奶二话不说，将包袱撂在一边，就边唱边跳起来，她的声音清亮，客家山歌唱得又脆又地道。她的舞姿虽然简单，但很古朴。这个明明已经年老体衰的奶奶，因为山歌，焕发出耀眼的青春气息。

在围屋踩点的过程中，我们还巧遇了一批来自宝岛台湾的客家人，他们大多是七八十岁的老人。看到保存如此完好的客家围屋，他们内心都非常感慨。一位 70 多岁的老人告诉我，他四五岁的时候就从家乡南下迁到台湾，这是他第一次回到大陆寻祖。转眼间，已经大半个世纪都过去了，曾经的家乡，早已不是记忆里的模样，而现在他居然还能在这里找到似曾相识的青石板、阁楼等，感到非常的激动。他一再对我们说，一定要好好保护这些先人留下的遗产，这可都是老祖宗留给我们的宝贝。我能够强烈地感受到这些远离家乡几十年的客家人，对自己的家乡和家乡文化的深厚情感。

是啊，我们总是喜欢去别人的家乡走马观花，却忽略了身边最宝贵的东西，这些东西才是真正值得我们留下来去深入挖掘，深耕细作，传承下去。

培训的过程中，我时常被美妙的客家文化打动，除了客家围屋、客家山歌之外，客家服饰和客家美食也让我津津乐道。而蕴藏其间的，客家人艰苦奋斗、不屈不挠的精神，正是我们客家文化的核心，也是我们最应该学习和传承下去的精神品质。

所谓养兵千日，用兵一时。在龙南县首届旅游文化节，我们迎来了来自全世界各地不同行业的数百名贵客。我作为一名客家妹子，很高兴能有这样一个机会，去传播自己家乡的文化。而我们的讲解工作也得到了各方的高度赞誉。

结束了讲解员的工作，我回到了学校，从讲解员的身份切换回老师的角色，我知道，对于客家文化，我现在也只能说略懂皮毛，我还需要不断学习，不断理解，不断领悟。在这个过程中，我也可以不断地向学生打开一扇扇了解客家文化的窗户，让学生们看到更加广阔的天地。让学生成为有根的人，只有根深才能叶茂。人生如此，教育更应如此。

第五章

有趣的外国教育

教育的方式可以借鉴，但无须复制。没有最好的教育，只有最适合自己的教育。只有不断改进的、务实的教育，只有着眼未来、散发人性光芒的教育才会直抵人心，我们的教育，应该有与世界教育发展趋势和发展规律相一致的新的发展。

德国“支教”印象

◎王红艺

在我的印象中，德国是一个严肃、一丝不苟的国家，德国人是非常严谨的。德国制造闻名于世界，美丽的自然风光是上天慷慨馈赠给德国的一笔财富，源远流长、历久弥新的德国文化更是另一笔丰厚的宝藏。德国深厚的文化孕育出了马克思、歌德、贝多芬、巴赫等许多伟大的思想家、音乐家和文学家。德国的国土面积虽不大，但境内却拥有 300 多家剧院，130 余个专业乐团，以及超过 630 家拥有国际高水准藏品的主题各异的博物馆，德国人对文化的重视程度也可由此管中窥豹。

2018 年 6 月初，一个平凡的工作日，我接到一个通知：到德国进行为期两周的教学，传播中国传统文化。突如其来的好消息就像天上掉下来一个大馅饼，让我无比兴奋。从盛夏到金秋十月，从梦想变为现实，我如愿走出国门去德国教学，国际航班、异国风情、西洋美食、德国制造……都让我从不同的角度增长见闻、开阔视野，真是一段非常美好的人生体验。

规则教育大于一切

德国孩子的规则意识很强。出发前，带队领导就非常细心地提醒我们：不仅要准备不同层次的练习曲，还要备学生。因为海外孩子的课堂纪律可能不如中国孩子，每位老师要做好充分的心理准备，想好策略如何应对。但当我真正走进华达学校的课堂去上第一堂课的时候发现，刚刚拿到葫芦丝的孩子确实很好奇、兴奋，摸摸鼓鼓的葫芦丝的肚子，又试一下二胡的弓，见惯了小提琴、黑管、萨克斯等西洋乐器的孩子们对中国民族乐器太好奇了。这时我轻轻地告诉他们：老师在讲话的时候，小乐器是不可以响的！我只强调了这一句话，奇迹发生了，一上午的课，孩子们的葫芦丝全都乖乖地听话了，只会在我要求的时候才会被吹响。这一点让我感动不已，也惊讶不已，于是我发自内心地表扬了他们，为他们点赞。我发现这些孩子其实是非常有规则意识的。我想这来源于家庭教育和德国整个环境的规则意识。

突然想到一个真实故事：一群德国大学生做了一个有趣的实验。在德国科隆一条街上的相邻两个电话亭分别贴上"男""女"字样，然后躲在暗处观察，结果七八个德国男子在贴有"男"字的电话亭外排队，而贴有"女"字的电话亭却空着。德国人在规则面前，首先想到的是遵守，即使不了解规则（即电话亭被临时分为男、女）的用意，即使规则有不公平、不科学，甚至滑稽可笑之处，都会坚信这样定规则总是有一定道理的。我们可能觉得德国人太"死板"，不会变通。其实，德国人的"死板"源于其强烈的规则意识，德国人非常注重规则和纪律，凡是有明文规定的，都会自觉遵守；凡是明确禁止的，绝不会去碰它。

勤俭节约的意识深入骨髓

有一天看完演出，我应邀与德国学生玲玲一家一起吃晚餐。或许是因为西餐的热量太高、分量太大，我剩下了一点没有吃完。玲玲看到后，非常认真地看着我的眼睛告诉我："老师，您要把它吃完。"我说："一定要吃完吗？"她又肯定地点点头。"浪费实在是一件不好的习惯！"孩子的话让我汗颜。玲玲的妈妈告诉我说，德国的孩子都知道盛入自己盘中的食物一定要吃光；必须先吃完饭菜，才能吃零食。家长也会经常教育孩子不能浪费，会给他们讲非洲孩子吃不饱的故事，所以他们已经形成习惯了，有时实在吃不完会问妈妈，可不可以把剩下的食物送给非洲的孩子们。从孩子们天真的言语中可以看到，惜物、关爱他人这样的优良品质已经在他们心中生根发芽了。

班上排练用的小打击乐器——三角铁，没有手提的绳子。Kajo 的妈妈说她会帮忙拿一条过来。第二天她带来的是一条从包装袋上拆下的彩色缎带。我很惊讶，她说平时他们都会把这些小物件收集起来，等到关键时刻就能派上用场了。德国人珍惜物品，可见一斑。在德国，他们也很注重垃圾的分类，每天午餐结束，孩子们都很自觉地把果皮回收在一个袋子里、把餐纸回收在一个袋子里、把食物的残渣回收在一个袋子里，大家自然而然，自觉地分类回收。我朝他们点赞！孩子们说即便是自家厨房垃圾也是这样自觉分类，都已成习惯。这些太值得我们学习啦。

在德国，虽然满大街跑的都是我们国人看来的名牌汽车，但他们生活中从来都不乱花钱，非常节约，珍惜物品的他们并非抑制需求，而是奉行“物尽其用”，将能用的用彻底，用“干净”，不“侵占”社会资源，并以此为傲。总之，要惜物，该用则用，不给浪费一丁点机会，这是德国孩子从小就学会的节约美德。

一个人的努力是加法，一个团队的努力是乘法

我所在的教室的黑板是活动的，可以升降，以便高矮不同的教师和学生使用。桌子是带轮子的七巧板形，可以随意拼搭。椅子也可以随时搬动，不像国内的教室那样一排一排整齐放置，而是根据教师教学和学生讨论的需要，桌椅的摆放形式可随时调整，有利于孩子们小组合作学

习。教室的隔音设施非常好，我们在教室里吹奏，隔壁的教室和走廊一点声音也没有。

玲玲是华达中文学校校董韩丽老师的女儿，之前有吹奏竖笛的基础，学习起葫芦丝就比较快。妈妈非常注重让她接受中国教育，在家里会背一些唐诗宋词。在演唱曲谱时，玲玲可以做到五线谱、简谱随意转换。她是个热心肠的“小专家”，自觉担任小老师，帮助较小的同学，每次玲玲都是尽职尽责。为了让伙伴们更熟练地掌握指法、学会演奏乐曲，玲玲给小伙伴画出了精美的音位图，甚至《划小船》的整首曲谱的音位都画了下来，这样有心的孩子实在难得，这也让我见证了德国孩子的合作意识之强。

我的助教老师告诉我：德国 1~2 年级的学生在一起学习，3~4 年级的学生在一起学习。如果有什么不懂的地方，学生可以问身边的同学。当同学也不知道时，他们再去问老师。这么做的好处是：高年级学生通过向低年级学生讲解内容，加深了自己对所学知识的理解，新的学生也很快就进入了帮助者的角色。经过四年的学习，学生们既是得到过帮助的新生，也是帮助过其他学生的“小专家”。

由此，学生们可学会团队合作，不仅为自己的学习承担责任，同时也为其他同学的进步承担责任。

在德国无论是家里还是学校，都会有意地去为孩子们组织一些集体活动。因为在德国有一句著名的谚语：一个人的努力是加法，一个团队的努力是乘法。

学生父母是最重要的教育伙伴

在德国有一本有关儿童教育的书，十分流行，叫 *Struwwelpeter*：以很多荒诞诙谐的故事，来告诉孩子们什么是对的，什么是错的。他们最注重孩子的性格、品德培养，很多好习惯也是从小家庭教育的结果。

德国大文豪歌德在一篇回忆录中就提到，在他开始蹒跚学步时，曾在床上违反了妈妈的“不准将小脑袋伸进床栅栏”的规矩，导致小脑壳尴尬地进退两难。他还动情地声称，这可是他接受的由不守规矩引发的第一个教训，实在是“永世难忘”啊！

这次“支教”我也领教了德国家长资源的重要。华达中文学校的苏校长告诉我们：学校早在学生入学前便开始和父母合作，邀请将要送孩子来这里上学的父母参加父母座谈会，为孩子入学做好充分的准备。在学生入学后的第二周，学校还会安排一个父母对话日，让教师和父母沟通，以便更好地了解孩子，在家里更好地辅导孩子。这次秋令营，他们也邀请家长来参加培训。苏校长说：“为了孩子的幸福，学校希望把父母们变得更好。”

家长陪伴孩子来学习，自己也学习。俊杰跟我学葫芦丝，他的妈妈跟我学习二胡，弟弟 Kajo 也在葫芦丝班，他们一家真是传统文化迷。他们母子三人在课堂课间都在一起刻苦练习吹奏，成了一道美丽的风景。哥哥教弟弟葫芦丝的指法，妈妈则请教我二胡的运弓和指法。三个人学得不亦乐乎。闭营仪式上，妈妈拉着二胡，仿佛沉浸在那悠扬的乐曲中，左手在琴杆上上下移动，手指仿佛在跳琴弦上的芭蕾舞；右手有力地运弓，仿佛要把心中的感情抖出来。妈妈获得了热烈的掌声，她在用身教告诉她的孩子们学习要刻苦。

Kajo 和薇拉是班上最小的学生，两人一度因为跟不上进度想要放弃，可又舍不得离开。陪伴的妈妈就找我商量，我给他们找到了最合适他们的角色——打击乐器伴奏，唤起两个小家伙的自信心，超强的节奏感为我们的演奏带来亮点。

作为一个五岁孩子的妈妈，我也非常愿意和他们交流育儿心得。薇拉妈妈告诉我，德国人特别注重孩子品德的培养和好习惯的训练。比如自理能力：饮食、睡眠、排泄时间、自理能力训练；比如爱心：很多家庭会在家中养小动物，让孩子在亲自照料小动物的过程中，懂得体贴入微地照顾弱小生命；比如坚强：孩子摔倒后，只要不是很严重，父母不会马上去帮忙，而是让他们学会自己站起来；比如尊重：告诉孩子要尊重别人的隐私。德国父母不会在未经过孩子同意时去翻阅孩子的东西；比如理财：德国父母会非常严格地控制零用钱数量，会让孩子做些简单的家务以获得零用钱，避免不劳而获；比如承担后果：有一个德国母亲对自己总是起晚的儿子说“很遗憾，我不能开车送你去学校。这得怪你自己，你可以选择放弃早餐，或者迟到”；比如承担责任：有严厉的德国家庭，如果孩子忘了把脏衣服放进洗衣袋，他还得继续穿脏衣服；比如诚信：德国家长首先会以身作则，并经常会告诉孩子，要遵守约定，答应过的事情，要在规定的时间内做到；比如自信：德国家长非常重视自己孩子的自信培养，哪怕是一点点的进步，家长都会给予更多的鼓励和赞赏，因为他们知道孩子从小的自信来源是父母。

德国有“儿童家务劳动法”

孩子参加一定的家务劳动是有教育意义的。因此，德国人制定了《儿童家务劳动法》。法律规定：6 岁以前的孩子可以尽情地玩耍；满 6 周岁到 10 岁，要帮助家里洗涤盘碗碟和负担到商店购买小物品的跑腿任务；10 岁到 14 岁，要负责整理院内的草坪和洗刷全家的鞋子、地板打蜡的工作；14 岁到 16 岁，要参加宅院旁园地的劳动。对不愿意劳动和不完成父母交给的法定家务劳动的孩子，要按违犯法规论处。而家长溺爱孩子，不让孩子做家务劳动，也是违法的。

德国人的阅读已蔚然成风

德国人经常手里拿着一本书,在地铁上,玩手机的人少,看书的人多。在德国如果你留心，能看到各种大小的书店，而书店里永远都有不少的读者。纸质的书籍在这个电子社会当中，似乎在德国仍然流行。支教期间，我们去一个图书馆，图书馆里藏书很多，摆放得井井有条，一个图书管理员都没有。人们都静静地沉浸在书的世界里。带我们参观的老师悄悄地跟我们说这个图书馆里的书可以随意借阅,甚至可以拿回家不用还,但你家里有好的"休眠"的图书，也可以拿来共享。这是多有诚信的"图书漂流"！我们没好意思拿书，就拿走了一本他们图书馆的宣传册，以及对图书馆的美好印象。

这一路走来有太多的美好，每一个瞬间都值得细细品味与回忆。他山之石，可以攻玉。我从华达中文学校的孩子和家长们身上感受到了德国教育的一些精髓之处，管中窥豹，德国教育的严谨可见一斑。此次外派教学任务全部按照既定计划有序进行，每个学员对中国的民族乐曲有了一定的了解，他们都对中国民乐产生了浓厚的兴趣。激发在德华裔青少年学习中国传统文化的热情，播下民族精神的种子，让所有海内外中华儿女共享中华情，共圆中国梦。

教育共享：行走在韩国的考察报告

◎王建华

教育正迈向无国界化与全球化，“教育资源，世界共享”正逐步成为信息社会发展的趋势。在中国江苏大学和连云港市海州区教育局、韩国平泽大学和韩国平泽市教育局等的推动下，来自连云港海州区的34名优秀教师开启了访问韩国教育之旅。我作为校长代表，还肩负重要使命——中国连云港市大庆路小学与韩国京畿道平泽市龙耳小学将缔结为国际友好学校，并签署合作意向书。

对于韩国，中国人有一种特殊的情结，中韩两国一衣带水，又都深受儒家思想影响，彼此在历史文化和教育体制等方面颇有渊源。经一周近距离亲密接触后，我们发现，两国的学校教育在办学思想、育人目标、学校管理等方面，存在诸多碰撞与交融。

在韩国的五天里，我们先后参观考察了韩国的3所中学和2所小学。进入韩国校园，给我们的第一印象是整洁、有条理。不十分醒目的横幅校牌嵌在围墙上，青翠苍绿的花草树木装点着校园。清雅朴素的教学楼、别致的会客厅、铺满沙子的运动场、格调不一的学生教室、一尘不染的地面，无不显现出简洁纯朴。

韩国多山，城市之间紧紧相连，但环境之美与我国的北方及南方都不同，无论是宾馆、学校、商业景区还是街面、居所，所到之处都堪称“纤尘不染”。虽说城市的街面狭窄，看似拥挤不堪，却井然有序、整洁利落、清新雅致。整齐划一的停车场，行人和机动车各行其道，显示了交通的井然有序。韩国平泽市清爽湿润，体现出其海洋性气候的特点，这种整洁清新的环境格调，让我们流连。

在韩国人的心中，儒家文化是他们的根和魂。尤其在首尔，彬彬有礼的待人礼节，热情周到的服务，让我们看到了“人文素养”给这个半岛带来的文明。公共场所听不到喧哗，几乎看不到随地吐痰和随处吸烟的人。

短暂的五日之行，让我们身临其境，感受到了那一片儒家文化浸润下的蓝天。

根据安排，我校与韩国京畿道平泽市龙耳小学缔结为国际友好学校。龙耳小学是一所充满人文情怀与现代气息的高品质学校。

龙耳小学的白校长向我们介绍了学校的历史概况、办学思路，并致欢迎辞，随后我们举行了签约仪式，相互赠送礼物。龙耳小学的校园并不大，但很秀美、雅致，有几个细节引起了我的思考。

细节一：教育的均衡

在韩国，中小学校长一般要年满50周岁方可上任，每四五年轮换一次，每在一所学校任职，校长就会把他的办学思想带给这所学校。校长不论资历、能力，还是辈分，在学校教师中都备受尊崇。韩国严格按照国家制定的科学的教师人事制度，定期对教师实行轮岗换位，以推动学校间的教育均衡。

校长上任后，不必为经费投入、教学评估、教师考核、人事调动、工资发放等杂事而奔波忙碌，因为这些基本都按国家相关法律严格执行。

制度化的法律条文、公平化的教育投入，为韩国学校普适意义上的规范办学与优质发展提供了保障。

细节二：家长义工

在龙耳小学图书馆参观的时候，我们发现一位女士正熟练地为学生办理图书借阅手续，我们以为她是学校的老师，听了翻译员的解释才明白，她是学校的一名家长义工。韩国学生的母亲大多是全职家庭主妇，文化水平也较高，妇女在家相夫教子，已成韩国家庭主流倾向。不少学生母亲会主动到学校参加公益服务，如图书馆、阅览室等场所大都由学生母亲照管。再如，指导低年级学生阅读的读书会，保证学生交通安全的巡逻队，还有防止学生暴力倾向的督察队，这些组织都是家长（大多数是母亲）以志愿者的身份参与其中。这一点与我们的爱心家长义工社团的做法不谋而合。

细节三：运动场

韩国学校几乎没有塑胶跑道，只有黄沙土操场。我们很有些不解。塑胶跑道在我们国内的小学里算是基本配置了，但韩国人是有疑问的："塑胶会不会对学生的健康有害？"原来，在韩国学校，所有学生、老师，包括校长，进入教学区需穿拖鞋或只穿袜子，学校也没有塑胶跑道，有的只是一个黄沙土操场。白校长说，他们的学生随时可在上面运动、奔跑，尽情释放孩童稚气。

韩国教育关注人的发展，致力于将学生培养成为道德人、自主人、创造人、健康人。在关注学生文化课学习的同时，注重学生性格、能力培养，借助家长及社会的力量，形成合力让学生全面发展。这些理念和做法都是非常好的，与我们相似相近相通，但又有其独到之处，值得我们学习和借鉴。

中国有句古话，“他山之石，可以攻玉”，又说“高山仰止，景行行止”，“殊途同归”。教育需要交流，更需要合作，需要文化自信。这些会让我们明白“我们站在哪里，我们将走向何处”。

可持续发展学习能力的教学
——赴澳洲研修手记

◎何燕林

我随福建省中小学骨干教师到澳大利亚悉尼研修，随行的大多都是一线教师。在行前制定研修计划时，大家都有一个愿望，就是拿到一些当地的学科教材或教辅，同时进课堂观察他们的授课模式和教学风格，回国后可以直接参考和借鉴。这些对一线教师来说确实是最大的关注点，也是平时国内老师外出培训参观学习时的“常规动作”。

到悉尼后，随着研修的开展以及与当地老师的接触，我们发现当地教学根本没有统一的教材，各州教育部门只负责制定简要的教学大纲，其他具体教学内容的组织由授课教师自行决定。这让我们一行老师很是困惑，我们长期习惯手头上的三件宝：教材、教参、教辅。这些是日常教学、备课、教研的重要载体，缺乏这些载体，教什么？怎么教？

不久，一位教育学博士 Browen 老师给我们讲授澳洲的教育理论后告诉我们，下节课的主题是“可持续发展的学习能力”。第二天，大家到了教室，快要开始上课的时候，Browen 老师却说要带我们去附近的一个社区公园。同伴们很好奇，有的猜测她要带我们到公园放松放松，有的开玩笑说等会儿可能会组织我们烧烤。

到了公园，老师先让我们自由组合，每两人组成一个学习小组。接着她布置活动任务：学习小组用各自独特的视角，发现公园里某种事物的关联或差异，并做好记录。开始时大家心存疑虑，一个巴掌大的简陋小公园会有什么好发现和感悟的呢？但大家还是各自开始随意地“寻找灵感”。

活动开始后，老师也在行走中参与大家的讨论，指导大家的活动。

我与学习伙伴在公园内逛了一圈后，决定从公园里最常见的树叶入手，首先，我们收集公园里不同品种的树叶，有澳洲常见的桉树叶、蓝花楹叶、芦荟叶、剑麻叶等，还有一些叫不上来名字的树叶。然后，我在一张白纸上画出这些树叶的形状，并在旁边标明它们所属的树种。不久，Browen 老师巡视到我们小组，看完我们观察研究的对象后，建议我们围绕着树叶做一个 research scheme（研究体系），从五个方面——颜色（看）、形状（看）、手感（摸）、声音（听）、味道（闻）入手，研究它们的差异或共性，并做好记录。这些要求看似简单，不过我们真还从未这么具体地观察和对比过身边随处可见的树叶。世界上没有两片完全相同的树叶，即使是同一片树叶不同的部位，其厚度、颜色、形状也可能各不相同。有些看似光滑的叶面，细看有许多细细的绒毛，有些光滑的叶边缘其实是齿状的。这不得不让我们惊叹自然界的多样性。

Browen 老师第二次巡视到我们小组时，听取了我们的汇报，查看了我们的记录，肯定了我们细致的观察，并指出可以用列表加图形的方式整理观察到的现象，当然如果有相关的设施和仪器可以用数据记录，就比单纯的描绘性语言更精确和科学。接着，老师给我们布置了下一个任务：树叶有哪些作用？

我想这应该是训练我们的发散性思维。经过商讨，我们列举了以下作用：树叶的光合作用为人类制造氧气，可以为许多动物提供食物，可以挡风沙、降低噪音净化空气，腐烂后可以成为植物养料，有药用价值，可以制作成艺术品，可以挡雨，可以做鸟窝，可以包裹食物烧烤，可以折叠成碗状舀水喝……Browen 老师很赞同我们列举的这些作用，建议我们可以根据生活的不同领域进行分类描述，这样更具系统性和条理性，还可以展开想象思考将来怎样进一步利用树叶。我们本以为随意的问题，让我们不仅脑洞渐开，还学会了思维的方法。随后，Browen 老师又向我们提问：从生物学角度，我们可以讲述树叶的哪些知识？

这个问题突然间把我们难住了，因为我与同伴分别是政治学科和英语学科教师，长期只关注和局限于自己本学科的教学，而自己在中学阶段学过的一些生物知识早就彻底还给生物老师了。但是看到 Browen 老师鼓励和期待的目光，我们只好勉强接受这个任务了。书到用时方恨少，由于自身知识结构的局限，此时我们只好求助于百度和谷歌浏览器了。叶子的生物结构有哪些？叶子主要由三个部分组成，分别是叶片、叶柄和托叶，其中叶片又包括叶子的表皮、叶肉、叶脉。叶子为什么会随着季节的变化而变色？主要是由于叶绿素、花青素、类胡萝卜素等受不同季节的光照影响，树叶变色还与温度、湿度、土壤以及 pH 值有关……

最后 Browen 老师建议我们从自己学科角度，陈述对树叶的认识。我回答道，“从哲学的角度看，树叶有枯荣，会生长和凋落，它们有自身的规律，同时我们看到的万事万物是在不断变化发展的。从树叶与树枝和周围的环境存在密切的联系看，万事万物都处在相互影响、相互作用的普遍联系中，我们要有生态保护的意识……”

由于时间的关系，我们不能围绕着树叶进一步学习探究。老师集中各个学习小组，要求展示并说明各自的课堂作业。有的小组用绘画展示公园里植物生命的蓬勃和坚忍，有的关注树木与周围社区的关系，有的关注石头与土壤，等等。随后大家谈学习体会。最后老师总结道：“教师在课堂上无论怎么努力教，能给学生的知识都是很有限的，永远跟不上社会的发展，因此，最重要的是培养学生的可持续发展的学习能力。这种学习能力的前提是对事物保持好奇心和求知欲，所以教师的重要职责是要创造宽松的学习环境，激发学生的学习兴趣，保护他们的好奇心。其次老师要引导学生学会不受时空制约，随时随地发掘学习资源，用发现的眼睛寻找生活中的独特存在，由此及彼、由表及里多维度地分析和探究自然与社会。”

一堂课就这样看似轻松地结束了，但我们的反思却不轻松。

从这节课老师对我们小组的学习指导来看，她是按照从感性到理性的认知顺序要求我们观察学习，特别注重发散性思维和创新思维的培养；同时引导我们通过学科素养的综合应用，分析解决实际问题，培养综合性的人才，这也符合当前国际较前沿的STEAM（科学、技术、工程、艺术、数学）教育潮流。

从这节课的主题“可持续发展的学习能力”来看，老师以实践体验的方式让我们感悟为什么要培养以及如何培养学生可持续发展的学习能力。长期以来，我们习惯于固守课本、教材，深挖知识点，这种知识本位的教学方法最终其实是服务于考试的。学生从老师看似辛苦的教学中真正获得了什么呢？一旦走出考场，他们对学科还有学习的兴趣和能力吗？这是一堂看似随性但不随意的课。老师没有教材也没有讲义，没有具体的知识，老师真正贯彻以学生为中心（Learner-centred）的教学理念，鼓励大家在一个大主题下自己发现问题，通过合作探究或自己查找资料解决问题。老师的作用是引导问题探究的方向，提醒分析问题的方法，提升可持续发展的学习能力和素养。

几个月的学习后，我们刚好迎上国内新一轮教育改革，其核心是从知识教学三维目标推进到要提升学生的核心素养。这确实是国际教育发展的大趋势。我们坚信，长风破浪会有时，直挂云帆济沧海。

美国夏令营：蹲下来看儿童的世界

◎许丹红

撕下旧的日历，新一天美美的学习开始了。今天要去参观一所小学，心情分外激动。能走进美国马里兰州当地学校，感受美国小学的校园文化，了解其课堂、教学之现状，我认为是此行最有意义之处。

美国高速公路系统四通八达，车一离开陶森大学就上高速，且不用收费。约四十分钟后，来到一个各种不同风情的房屋密布的小镇，大片绿茵茵的草地旁边，有一排平房。这就是我们今天要到访的学校——马里兰州诺伍德学校。在美国，学校大多为平房，乡村别墅也多为平房，最高也只是两层楼。

进入学校，刷护照，领取身份牌。这个类似于，在我们国内，进入学校必须刷换园卡。美国在安保上也十分重视，就如我们居住的公寓，进门需刷门卡，乘坐电梯也须刷门卡。

我们一行人在一个比较简陋的教室落座，今天来学校主要是观摩陶森大学组织的一个有关写作的夏令营课程。先由四位老师介绍写作夏令营的基本情况：一位大学写作教授介绍夏令营的背景，前来参加的都是英语不是母语的移民孩子，有的是本校的，大多为非本校的，年龄为6~12岁。因为是夏令营，学生少，老师多，可以一对一、一对二指导，对老师来说，这也是一个非常好的实践机会。另一位非常窈窕的陶森大学专业写作老师介绍说，三年前，巴尔的摩的每一位孩子都有一台手提，考虑到这些孩子的英语不是第一语言，或采取语音录音的方式，或借助于电脑或其他先进的科技，来帮助孩子学习英语。

诺伍德小学校长介绍学校情况，现在正好是暑期维修阶段，教室里的东西正装箱打包中，显得凌乱。美国的学校，都是中间一个走廊过道，两边是教室。夏令营主要以写作为主，参加夏令营的多是刚来美国一到两年的孩子，举办夏令营的目的主要是让孩子开心，并能学到一点知识。昨天他们以自己喜欢的东西画了心灵地图，今天写他们喜欢的东西。她先让我们分小组讨论：你们平时在教学中怎么来让孩子写作的？美国教师特别注重让听者互动。接着夏令营老师提供一个 5~10 分钟的微课，然后让孩子书写。构思、写作、修改，这些阶段又可以互动转化的。最后来了一位老师，她说，这些讲小种语言的孩子有的来自难民营。每一位老师都在努力，尽可能了解孩子背景。孩子来自四面八方，只要有意愿，都可以来，并且免费学习。她给我们演示写作教学内容，画一个心形，写上爸爸妈妈兄弟姐妹，自己喜爱的运动，让孩子自由创作。若选择恐龙这个主题，那老师会带孩子收集有关恐龙的资料，再让孩子去写。整整一个星期，就是在写同一个内容，老师写，学生写，组内评，老师修改，再到正式成文。

了解了这个写作课程的背景后，在陶森大学老师的带领下，我们分组分教室去观摩。

第一个教室，共四位孩子，有三位老师。PPT 上显示着写作提纲：我能看，我能听，我能摸，我能闻。孩子们在写，当有不懂或不会时，老师在边上耐心辅导，轻声细语、和颜悦色，宛如与朋友在聊天。我看到有一位老师在教一位加德满都的孩子，甚至跪着一条腿教孩子。这位可爱的亚裔女孩对我们其中的一位懂英语的老师说：“我很喜欢中国的美食。”在美国，老师蹲下来教孩子，这是给我最深刻的感受。观摩的第二个教室，孩子们十一二岁的样子，都是在电脑上操作。一位老师辅导两位孩子。你看，一位老师和两位女孩子在地毯上席地而坐，一边一个孩子，正悉心地引导着呢，多惬意、多轻松的方式呀。第三个教室，孩子们正坐在地毯上听老师在讲，另两位老师也坐在上面，眼神充满笑意，时刻关注着孩子们。第四个教室，两位非常可爱的 6 岁孩子，边上各坐着一位老师。孩子在电脑上写作，一边学电脑，一边学单词，一边在设计封面。一只又一只可爱的恐龙随着孩子的鼠标在文档中出现。孩子饶有趣味地写着、玩着，连我们站在一旁的老师也觉得分外有趣。老师在一旁耐心引导，完全把他当作一位大人一般指导。

之后，又参观了他们的统感教室和手工教室，在报告厅围坐成一个圆圈与老师们进行了热烈互动。

此行最多的感触：一是，每一位孩子都是大写的人。这些孩子都是母语非英语的移民孩子，英语差，写作能力弱。这里的老师真正做到蹲下来看每一位孩子，极其耐心地引导孩子，悉心辅导。无论聪明与否，无论你身体是否残缺，教师对人的尊重关爱，对孩子那一份关心，值得我们每一个教育者学习。二是，对阅读、写作的重视不分国界。各国都很重视孩子的阅读、写作能力，尤其是对自己国家的母语教育。我不认为今天我所看到的引导孩子们的写作方法到底有多奇妙，在中国，怎么引导孩子们写作，从句到篇到章，每一个年级段都有序地前进，上课的生动性形式的多样性、丰富性，可以说，是超越今天我所看到的内容。然而，对阅读对写作的重视，中美都是相通的。

走进童话王国，亲历丹麦教育

◎王艳芳

丹麦，一年有六个月昼短夜长的国度，为何连年被评为世界上幸福指数最高的国家？丹麦的教育理念一直被外界称赞，人口五百万，却有十三位诺贝尔奖得主。丹麦的童话大师安徒生、丹麦的乐高积木、丹麦主张“自由第一，人人平等”的大教育家格隆维，似乎丹麦的一切都是为了孩子而生。丹麦的孩子究竟有多幸福？幸运的我在丹麦最美的春天里，走进丹麦安徒生国际幼儿师范学院，聆听专家学者的授课，又到小学和幼儿园参观，亲身体验了“丹麦式”教育带来的震撼。

名副其实的森林幼儿园

我随安徒生国际幼儿师范学院的学员们一起到安徒生的故乡欧登塞的一个森林幼儿园参观。名副其实，这个幼儿园就建在森林里。幼儿园没有围墙，小铁门就开在栅栏的中间。幼儿园的活动场地很大，户外设施与自然环境顺势而为，树屋、滑梯就搭建在小山坡上，浑然一体。设施场地也是原生态的，沙箱、秋千、平衡木等大量的器材都是用原木制成的，并且没有涂上油漆。孩子们有的爬在栅栏上，有的在沙坑里玩沙，有的在玩跷跷板，还有的在打秋千，有个小男孩在推着小车玩土，忙得不亦乐乎。我很惊奇地发现很多孩子都是“赤脚大仙”。

我们走进室内，发现孩子很少，安娜园长说孩子们都到森林里去玩啦。而且这个森林幼儿园一共就56个小朋友。规模较小，设施也很简单。幼儿园从早上5点45分就开园，照顾早晨起早上班的父母，下午3点以后家长可以随时来园接孩子。森林幼儿园活动流程一般为：夏天，一般全天都在户外；冬天每天保证两个小时的户外活动时间。冬天的丹麦温度低至 -15℃，但也挡不住孩子们在户外活动的脚步。丹麦有句俗语"没有坏天气，只有不合适的衣服"。雨雪天，孩子们更喜欢到外面玩耍，不过他们都穿上价格不菲的连体服（一件连体服的价格折合人民币一千元左右），孩子们在雨里雪里，尽情地玩。等回到室内，老师会用洗衣烘干一体机把湿衣服洗净，明天接着穿。

注重玩中学，做中学

森林幼儿园的课堂模式就是玩，非常重视通过自由玩耍培养幼儿的动手能力、创造力和社会交往能力。孩子们通过游戏探究、发现，从做中学，进而获得知识并形成经验，教师只是幼儿学习中必要时刻的协助者。如森林里到处是花草树木等具体实物，孩子们通过直接触摸、闻嗅、品尝等方式全方位、立体地认识它们的形状、颜色及味道；森林里的树木、花草等不同植物让他们领略到大自然的不同造型及色彩，并用在森林里找到的各种材料自制玩具，或者使用树枝搭建房子。在这里，幼儿的想象空间无限拓展，创造力也因此发挥得淋漓尽致。

孩子们到幼儿园，就是要学习和自然界相处，要学习小伙伴之间的社交能力，要学习建立乐观的人格。据园长介绍，"老师和家长要帮助和支持孩子玩，在玩中学习。幼儿园教学要让孩子掌握最基本的生活技能。孩子每天很多时间是在户外玩，他们要自己穿衣外出，自己决定玩什么，如有玩沙玩泥的，骑车、爬树，多是自由散漫地玩，没有统一的上课。”老师的课堂若没有老师本人同意，谁都不能随便进入和干涉。丹麦的老师有很大的自主权，他们可以自行决定每天开展活动的内容和方式。所谓的教学，其实就是在一天中开展各种各样的游戏和活动。

家长的共识：孩子越“脏”越快乐

森林幼儿园中，孩子是自己的主人，不会受到老师太多的约束。他们可以接近大自然，爬树、跌倒等。有作为孩子的自由，老师尊重孩子们的自然成长。在这里，感受最深的就是这里的孩子像孩子，他们稚拙、真实，天性尽显，孩子的一日生活就是玩，各种玩，自由地玩。来自大自然的孩子最喜爱在户外玩，爬高、玩泥、骑车，甚至在地上爬着玩。家长也非常支持孩子们自由玩耍，他们认为户外自由活动是锻炼孩子体质，培养个性的好时机。若孩子晚上回家时，其衣服干干净净，家长就认为孩子一天没玩好。

这次学习期间，安徒生国际幼儿与师范学院邀请了文雅丽伯爵来演讲，她说她的两个孩子从幼儿园教育开始就灌输要玩玩玩，而在中国香港的侄子在幼儿园阶段就认识了很多字。她刚开始有点担心自己的两个孩子学习问题。直到现在她的两个孩子长大，他们在做一些国际的项目和 PISA（经济合作与发展组织面向全球十四五岁的孩子设计的一项关于阅读数学和科学的测试）测试时，表现非常出色。她越发觉得正是因为从小的玩耍保护了他们的创造力，所以文雅丽伯爵说她现在很信奉“孩子不会为了学习而玩耍，然而学习却会在玩耍中自然发生”这句箴言，让孩子们在玩中快乐学习。

自然教育就是服从自然的法则，顺应儿童天性发展进程，才能促进儿童身心自然发展的教育。

借鉴丹麦的幼儿教育理念，我们应该把孩子当成独立、完整的人，尽可能地满足他们的多种需要，尊重孩子自然成长，把每个孩子培养成完整的人。

丹麦老师“谈伤色不变”

我发现森林幼儿园的很多孩子的膝盖和小腿上都有新伤旧疤，有的作品上还在用着创可贴。安娜园长说：“这太正常了，孩子在玩耍中有点磕磕碰碰，没有关系，家长也不会介意。”不过每个孩子入园前，必须办好保险，每年 600 克朗。若孩子受伤严重了，保险公司会有相应的理赔。

森林幼儿园曾发生过一次很严重的意外事故。一个老师带孩子们去海边玩耍，一个淘气包穿着连体服，却把双手藏到了拉链里面。结果玩着开心，猛跑起来，摔在地上，由于手臂伸出来无法撑地，整张脸狠狠地扑倒在地，一下子摔掉了四颗门牙！老师马上做了紧急处理，然后请来家长，家长直接带孩子去医院，后来家长直接找保险公司理赔，并没有找幼儿园的任何麻烦。

翻译姚蓓老师在丹麦从事了 17 年中小学教学工作。她说她教小学时，有一次她班的孩子上体育课，一个孩子踢球时倒着跑，结果摔倒了，而且后脑勺先着地，这可把姚老师吓坏了，她怕这孩子的大脑摔成了脑震荡。赶忙给孩子的妈妈打电话，诉说了事故的缘由，表达了歉意。结果家长没有一点抱怨，反而安慰她说孩子上体育课，摔倒不可避免。家长马上带着孩子去了医院。两天后，胳膊骨折的孩子吊着绷带上学了。

在丹麦，家长和学校已达成一种教育共识：孩子需要通过玩耍、运动和生存体验，去找到自己的能力边界，这是远比受伤更重要的事。因为孩子只有体验到这些危险时，才能知道如何避免危险。就如我们中国的俗语“吃一堑，长一智”。这也应了蒙台梭利的名言“不是我们教育了儿童，而是大自然教育了儿童，只要我们建设一个正确的环境，儿童就能进行自我教育”。

“安慰鱼”让我学会接纳和包容

我们去参观斯莱特小学，正值他们每天早晨的集体唱歌活动，全校的孩子都集中到礼堂里唱歌。礼堂外面有个老师半跪在地上搂着一个哭泣的小姑娘，在低声安慰着。陪同我们参观的老师说他们每天早晨的集体唱歌活动就是为了让孩子们学会和不同年级的友伴沟通交往，还有就是关注到每个孩子的心情。若发现哪个孩子心情不好，老师会去关注。

给我们上课的丽萨老师留给我印象最深的是她教我们一起玩的一个游戏——《三条鱼》，这是一首丹麦家喻户晓的童谣。一个渔夫打了三条鱼，又嫌鱼小，最后放回海里，我们围着圆圈，一边唱着童谣一边用各种姿势传递着小鱼。她又拿出第四条小鱼。她说这是一条“安慰鱼”，是为了一个或者几个不喜欢玩这个游戏的孩子准备的，让他们在圈外照顾这条鱼。

多么有心有爱的设计，为这条“安慰鱼”点赞！它给我三点启示：即使这个孩子没有参加游戏，也能很自然巧妙地融入整个游戏之中，而不是边缘人；这条鱼给孩子以尊严和信任感；悦纳不愿意参加游戏的孩子，情绪不在状态的孩子，以及想法和别人不一样的孩子，学会包容和接纳。也许以后我对课上有的孩子不张嘴唱歌时，也不会生气了。这是我从丽萨老师这里学来的。

公益心的种子从小培育

参观森林幼儿园，我看见墙上贴着一个海报——为生命而跑。安娜校长说这次主题是为癌症患者进行的公益跑。丹麦各个社区与学校、幼儿园结合的公益活动比较频繁，最常见的就是公益跑。公益跑活动开始前，当地全民志愿参与报名，按跑步的公里数由赞助商出资捐助。孩子们一般在家长的陪伴下，参加公益跑活动，然后志愿捐款或者赞助商根据你跑的公里数进行捐款。翻译郭斌老师的孩子就在我们参观的斯莱特小学上学，也经常参加公益跑活动。上半年的公益跑是为肺病儿童而跑，孩子在学校的操场上跑，每跑一圈，自己在胳膊上做一个记录，晚上回家，根据胳膊上的记录，家长志愿付多少钱（金额不限，甚至可以 1 元钱或者 10 元钱一圈），所获的捐款用于公益。核心就是全民参与公益，让孩子们从小就主动参与到公益中来。

我们在参加全民参与的“皇家跑”活动中，我发现丹麦人参与这样的活动热情高涨，扶老携幼——蹒跚学步的孩子在跑，幼儿园的小朋友在跑，年轻的父母推着婴儿车，白发苍苍的老人步履蹒跚也在跑。更令我感动的是很多坐在轮椅上的残疾人士也在摇着轮椅在跑，还有个女孩手扶代步车，一步一步艰难地前行，脸上洋溢着灿烂的笑靥。

“幻想之旅”培养想象力

在丹麦幼儿园常常能够在看到安徒生童话故事及其中的角色、场景，安徒生一直没有走远，就在孩子们的生活中。我们观摩了一场由孩子自发地根据自己的想法而不是依原有故事即兴表演的“幻想之旅”，对幼儿园教育教学理念有了真切的感悟。

这是一节幻想之旅的课程。所谓“幻想之旅”即没有任何事先设计好的主题、角色与情节，完全由孩子们即兴创造。老师坐在带轮子的椅子上，用几句话引导孩子们进行想象活动。她连孩子们的角色都不设定，一个小男孩说他演国王，结果还有三个小姑娘演美人鱼，四个小孩演国王的猫，一个演小狗，两个想演超级英雄，一个想演蜘蛛。其余的孩子说不想演，就当观众。国王的小脸很不开心，老师问他为什么？他说自己王宫里最贵重的花瓶被四只淘气的猫打碎了，他要惩罚一下这淘气猫。这时小狗给他出主意，可以把猫拴起来。可国王说他不知道该怎么拴。小狗又说他还有四根拴狗的绳子，可以用来拴猫。这时国王煞有介事地把四根绳子一一拴在小猫脖子上，还打着一个结。我们都被他的表演整得忍俊不禁。老师这时发言了，她说那三条美人鱼想进王宫里游玩，国王说他的王宫里碎花瓶还未打扫好，不能接待客人。这时超级英雄出主意找个隐形机器人来帮忙。

孩子们边想象边表演，自己发现问题解决问题，故事情节顺利开展下去，看得我们趣味盎然。老师的作用只是孩子们的首席，她让孩子们站在教室的中央，一切故事情节全由孩子们自我展开。整个过程体现了玩中学，孩子们运用已有知识经验并展开惊人的想象，最后随着故事的开展在老师建议下孩子们自然地一起唱起歌来，在歌声中结束表演。这样的表演或许可以称之为“开心之旅”。而且以上所及有关社交能力，语言发展，身体运动及文化表现等目标通过表演游戏得到实施。

在丹麦，学校和幼儿园里都没有监控设备，老师的课堂若没有老师本人同意，谁都不能随便进入和干涉，我们进幼儿园时，一再被强调若不是园方已跟家长沟通好的，可以照相的班级外，谁都不可以贸然拍照记录孩子的脸部。这些都是对孩子的尊重和保护。

丹麦人让阅读成为习惯

在欧登塞的路边，我发现好几个天蓝色的小书箱。翻译老师说这样的书箱在丹麦随处可见，是图书漂流的一种。市民可以把喜欢的图书拿回家去读。也可以把自己家闲置的书拿来分享。我也很关心丹麦孩子的阅读情况。我们去斯莱特小学参观时，正好五年级一个班在上阅读课。老师告诉我们小学阶段规定每个孩子每天至少阅读20分钟，老师不规定书目也不检查。但孩子们二年级就要写研究报告，若不读书，不会查阅资料，那就完不成作业，所以他们会很自觉自发地坚持读书的。五年级一学期要精读深读三本书。老师给了几个开放性的问题，供孩子们在读完一本书后自我选择来做。

1. 读这本书之后根据自己的想法重新设计制作书的封面和插图（插图需配有文字）。

2. 在书中某些场景下，如果你是主人公，用自己的想法重新设计主人公的对话。

3. 如果你是作者，设想一下这个故事会如何延续？把自己的想法用文字表达出来。

4. 看完这本书，根据体会的内容写一首诗。

5. 将书合上闭上眼，脑中会产生什么样的画面？画下来。

孩子们经过读书、理解、思考、创作插图、写自己想法这些过程，锻炼了阅读、理解、表达、写作、创造、语言、想象等能力。

我们还参观了学校的图书馆，有上万册藏书，孩子们每周一节图书馆阅读课。借还记录只需自助。在一台电脑上扫码，输入自己的学号，即可自助完成借书还书过程，无人监督。图书馆在上学时间全部开放，无专人值守。学校对孩子们很信任，孩子们也还给学校诚信。

总之，在丹麦的幼儿园和小学，我最大的感受就像安徒生说的那样："最重要的是让孩子做孩子，不要让孩子成为小的成年人！"我看到的孩子就像孩子，学校就是个学校的样子。尊重人，关注孩子、敬畏生命，这些理念都在一大堆细节中闪现，值得我们好好学习和借鉴。

加拿大的全纳教育

◎孙西荣

我有幸赴加拿大参加教育培训，加拿大教师 Clare Mahon 给我们详细介绍了加拿大的全纳教育。全纳教育面向全体有学习需要的学习者，以学习者为中心，加强参与，强调教育平等，从本质上改革普通学校教育，最终实现全民教育。

不同层次学生的全纳

课堂教学的全纳首先是对不同层次学生的全纳，让每一位学生都积极参与，通过活动让学生打开封闭的大脑。参观学校时，我们发现校长认识很多学生，并与学生热情交流。当然，他们班级人数很少，大约25~30人，这是学术班（考大学）、AB班（国际AB班，所学课程在大学可算学分）的人数，应用班（上大专应用学校或就业的）和特殊班的人数更少。人数少便于交流，但 Clare Mahon 提醒：教师与学生交流不是什么都可以谈的，教师与学生是有界限的，教师和学生的关系并没有达到可以坐在咖啡馆里什么话都聊的程度。

对不同学生的全纳，又指同一个学校能容纳不同层次的学生，学生可根据需要选择不同的班级，学生可选择 AB 班、学术班，学生准备就读技术学校、大专院校，可选择应用班，学习有障碍的上特殊班。确定学习有障碍的学生先要由教师逐级上报，再由校长组织各方面专家鉴定，在确定有学习障碍后还要进行特定教育，只有不能回班正常上课的学生才放在特殊班。特殊班的学生可延迟毕业，高中毕业可延迟到 21 岁。特殊班的学生主要学习结账、洗衣、做饭等，校方说这些学生的发展方向是做营业员，过好自己的生活。

全纳教育注重对后进生的补弱，学校有专门的团队负责，每个月都由负责的副校长与学术指导老师会面，与辅导人员共同回顾学生信息。这主要针对学习有困难的学生，比如有的学生有两三门课学习起来比较困难，教师通过研讨拟定补弱的方案，对学生进行补弱，不让其掉队。

对学生的全纳更多体现在活动探究上。要通过活动探究，让学生发散思维，让大家共同融入活动中。活动探究也教育学生要互相悦纳，在活动中学会交流与合作，学会讨论、辩论。讨论与辩论能纠正错误，产生新的思想。你有一个思想，我有一个思想，综合起来产生更好的思想，也就产生了创新。

对不同学习方式的全纳

课堂教学特别注重对学生学习方式、表达方式的全纳。教师要了解每一位同学的特长：有的同学擅长逻辑，有的同学擅长书写，有的同学擅长动手，有的同学擅长绘画……要创造机会让其表现。

学生可以用不同的方式完成作业。大部分同学是用书写来完成作业的，对于书写有障碍的同学，学校为他们提供电脑。电脑里的程序是学校安装的，除了上相应的学习网站，不能上其他网站。当然对于书写不好的同学，学校有专门的老师指导其书写，要接受一定课时的专门培训。

学习方式也可以选择。可选择在班级上课，也可选择自学，学生自学时有两位教师指导。擅长自学、成绩优秀的学生在一个教室，学生在自学时遇到问题，辅导教师会给予指导。

教学模式全纳

教学模式全纳，是指对各类学生擅长的认知模式都能兼顾，包容了 Body/Kinesthetic（身体／动觉）、Visual/Spatial（视觉／空间）、Verbal/Auditory（语言／听觉）、Musical/Rhythmic（音乐／节奏）、Logical/Mathematical（逻辑／数学）、Self/Intrapersonal（自省／自知）、Social/Interpersonal（交往／交流）等认知模式。全纳教育的课程教学观认为，我们应向所有学生提供相同的教育，接受普通课程，而不是不同的课程；如果学生有特殊的需求，就应该提供额外的帮助和支持。全纳教育反对为学生设置特殊课程，认为他们都能学好普通课程，最重要的是我们的教育要在学生遇到困难与问题时给予及时的帮助和支持，要在学生取得成绩和进步时给予赞赏和鼓励。教学模式的设计要兼顾大部分学生，开始时设计可能只适合于部分学生，但是要修改、修改、再修改，直至适合大部分学生。要在大众化模式中包含个别化，既注重全体的发展又注重个性的发展。

对教师的全纳

对教师的全纳考核主要是学校组织专家组听课，每五年一次，专家组会对教师进行三次课堂观摩考查。在观摩前要召集教师开会，观摩后教师与校长有一次会面；若评估不合格，校长将上报教育局、督学，再给一次评估机会。而对于新教师会一年进行两次评估，这也是有道理的，因为要注重新教师培养。

有教无类，教之有类，教之有法。有教无类，是说教育要吸纳所有学生，让所有学生得到教育，收获成功成长。教之有类就是要因材施教，要分层次教学，在注重集体的同时注重个别特性化教育。教之有法，指针对不同的学生采用不同的教学方法，全纳各种教学模式，多运用活动探究，让不同类的学生达到极限化发展。加拿大的教学有其优点，我国的教育也有其长处，两种教育的结合会产生更好的教育。他山之石，可以攻玉。

新加坡教育特色观察与思考

◎黄玉兵

2019 年 12 月 25 日，山东省教育厅从 100 名第三期齐鲁名校长建设工程人选、300 名第四期齐鲁名师建设工程人选中分别遴选 30 人和 60 人，分两批组织实施赴新加坡南洋理工大学（NTU）国立教育学院（NIE）攻读教育管理硕士（MEA）培养项目。第一批入选的名师、名校长各 24 位，我有幸位列其中，成为 MEA31 山东班第一期的一员。第一阶段留学三个月，从 2020 年 1 月 3 日至 2020 年 4 月 3 日。借此机会，我得以观察思考新加坡的教育特色。

新加坡国土面积仅有 719 平方公里，目前总人口 570 多万。资源匮乏，种族多样，文化多元，是新加坡的基本国情。在新加坡，教育成为建国、立国、强国的重要途径，政府借用教育打造一个适应能力和生产力强的队伍，帮助新加坡发展经济，增强族群的社会凝聚力。新加坡教育融汇英式精英教育和儒家伦理教育的精华，在双语教育政策、教育愿景、教育理念、教学理念和德育教育等方面都走出了一条“新”式教育之路。

坚持“英语+母语”双语教育政策

新加坡建国初期，各种族人民选择居住在各自族群的聚居地，上独立的语言学校，他们之间一般很少交流。政府出于现实而务实的考量，选定英语作为学校教学语言以及商业和行政用语，其目的是为了推动经济的发展。

新加坡双语教育和我们通常意义上理解的“本国语 + 外语”不同，被定义为“英语 + 母语”：官方所承认的英文为“第一语文”，被称为母语的语言是“第二语文”。新加坡教育部对“母语”的定义不是根据学生家里所使用的语言，也不是学生的第一语文，而是根据种族。一个华族学生可能来自一个讲英语的家庭背景，可是他的“母语”是官方公认的华语，而不是英语。总之，所有新加坡的学生必须读两种语文：英文与他们的母语。新加坡有三种官方选定的母语：华族学生读华文或华语（普通话），马来族学生读马来文，印族学生读淡米尔文。

新加坡政府时常强调，所有的种族有必要保存本族的母语、文化与价值观，来传递文化和确保国家能生存。新加坡的教育体制借助 1966 年推出的双语教育政策得以改进。包括特选学校应考不同性质会考的学生在内，所有学生必须学习两种语文。同时，母语的教学大纲与教学方法有所更改，而且受邀选的学生可修读其他不属于他们种族的母语。这种双语教育政策既有稳定不变的连续性，又有与时俱进的灵活性，保证了新加坡的教育在全球化时代能培养出语言上“一专多能”的高级人才，大大增强了新加坡在人力资源上的国际竞争力。据新加坡《联合早报》报道，新加坡现任总理李显龙曾发表文告说：“强调母语是我国教育制度至关重要的特色，政府会坚定不移地逐步强化和更新母语教学与考试制度。”

确立“TSLN”教育愿景

新加坡第二任总理吴作栋明确提出建设“重思考的学校（Thinking

Schools)，好学习的国民 (Learning Nation)”的教育愿景。其宗旨是培养有创意的思考技巧、对终生学习的热忱和对国家的忠心，让学生能应付未来的挑战，并培养年轻一代国民的求知欲和思考能力，打造成功的新型人才以保持新加坡的未来活力。政府希望学校重视学生思考能力的培养，把新加坡塑造成一个全民好学的社会。新加坡人认识到教育是持续的过程，应树立终身学习的理念，从进入学校就读之前开始，一生都得不断学习才能跟上时代发展的步伐。

新加坡提倡包括学生、教师、家长、工人、公司、社区团体和政府在内的“全民学习”。其目的是使每个人在参与学习如何发挥主动性和创造性的思维活动中得到满足，让国民可以自由地为提升自己、社区和国家的生活水平贡献意见。社会各阶层全覆盖的人人学习的做法，适应了国家需求，为新加坡建立富有竞争力的学习型社会打下了坚实基础。

为了实现这一宏伟教育愿景，新加坡教育部还出台了相应配套措施：为适应国民的不同需求，创造更加多元化的教育；尊重学生学习的权利，营造以学习者为中心的学习环境；从海内外招揽人才，引进高素质教育团队；打造更加廉洁高效的政府，追求卓越行政效率；提高高等教育发展水平，追赶世界一流高校。

实施“因材施教”教育理念

“有教无类”“因材施教”是孔子最早提出并实践的教育理想和教育理念，但新加坡的因材施教有其时代背景和自身特点。20 世纪 80 年代至 90 年代初期，新加坡的教育无法完全应付全球化给新经济体带来的挑战。知识经济时代强调智力资本的价值，能创新和持续学习的特质得到赞赏。虽然为求效率而推动的教育能有效地培训有技术的员工，但是它无法提供一个有创意、有活力的学习环境。于是新加坡教育法规定“让适合的人做适合的事”“按照每个学生的不同能力进行教育”。因材施教的教育取代一个为求效率而推动的教育范式就成为必然。

因材施教的教育前提是相信任何一种才能都是同等重要的，并且将得到同等程度的栽培。其主要目的在于发掘每位学员的才华与潜能，让他们无论在学业、艺术、运动或社区服务领域都能有更好的发挥。新加坡的因材施教既汲取了中国儒家教育思想中尊重学生个性的智慧，又吸收了美国学者加德纳的多元智能理论，还体现出本国对教育公平和均衡的追求。

因材施教让教育界更多样化，使学生拥有更多选择。多样化的学校：学生可选择在专科学校就读。例如，体育学校、艺术学校及国大数学与科学附中等。多样化的评估：不同的学校已经开始提供不同的选择给学生们。例如，在直通车学校念书的学生可免去考取中四的新加坡－剑桥普通教育证书，而直接考取高中的新加坡－剑桥高级教育证书或国际学士学位/国际中学毕业会考。多样化的科目：教育部推出了更多科目供学生选择。新加坡一共有 50 种不同的科目，如体育、戏剧等，同时也让学生更踊跃地参与公益活动及海外文化交流。

因材施教使学校拥有更大的自主权，增添更多的创意性。教育部鼓励学校在他们的专长领域里发展，迈向创新发展的时代。学校通过直接收生计划，可选择录取 5%~100% 的学生来帮助他们建立专长，如双文化教育、表演艺术、国民教育与象棋等。教育部还鼓励学校尝试开展有创意的活动，例如海星小学给学生们开设了财经管理的课程。

因材施教为学校实施“分流”学生提供了科学依据。2008 年新加坡改革“小四分流”，推行小五与小六“科目分班”制度，分为普通水平与基础水平的英语、母语、数学和科学等科目。通过小六会考成绩测定能力的学生，可分流为四年制的快捷、工艺类普通（工艺类）、五年制的普通（学术类）三种课程。根据学生不同的能力倾向和学习进度的要求，学校为他们安排中学阶段的课程学习。这样有针对性的教育，有利于不同特长的学生获得多元化发展。竞争激烈的分流也保证了新加坡高效、优质地培养精英人才，为新加坡长期高速发展提供了充足而完备的人才支撑。

推行“少教多学”教学理念

吴作栋曾指出：“目前最重要的是激发学生的学习热忱，而不是为了考试争取好成绩而读书。我们的学生普遍缺乏学习热忱，包括大多数成绩最优秀的学生。”新加坡总理李显龙则在 2004 年对教学改革提出新要求：“我们得少教一点，让学生多学一点。成绩固然重要，考试一定要及格，但成绩不是生命的唯一大事，在学校里，还有许多生活上的事物，值得我们学习。”这是新加坡对“重思考的学校，好学习的国民”教育愿景的落实之策，是面向 21 世纪应对知识经济新挑战所做出的新选择。为此，新加坡教育部还专门成立“少教多学委员会”，来推进理念的落地。

教师“少教一点”，并不是让教师减少教的内容，而是通过改进教学方法提高教学效率，从而教得更好。教师应转变教学观念，由过去对数量的追求转变到对质量的提升上来，让学生“多学一点”，学得更有效。师生互动质量的高低直接影响学生的学习效率，这就对教师的课堂教学提出了更高的要求：教师得静下心来好好备课，课堂上精讲精练，为学生留出自主学习与探究的时间。这一教学理念我们并不陌生，与中国新课程改革倡导的“以学生为主体，以教师为主导”的理念异曲同工。不过相对而言，新加坡中小学课堂教学“少教多学”做得比我们更扎实、更有效。

“少教一点”教学理念体现了深度学习的理论原则和批判性思维，鼓励教师借助信息技术改进教学方法，灵活地设计教学活动，充分调动学生课堂参与的积极性，让学生更主动地思考，更快乐地学习。新加坡教育部还制定了信息技术总体规划，利用信息技术为教育教学改革助力；制定了创建“未来的学校”计划，目标是使新加坡的学校更有效地全面地利用信息和通信技术及互动数字媒体；把信息技术纳入所有的科目，以推出创新的学校课程、教学方法及学习之法。

贯彻“社群主义”德育教育

新加坡道德教育以社群主义为基础，强调社群在塑造个人价值观、行为与身份的中心位置。新加坡政府在 1991 年正式推出“国家至上，社会为先”“家庭为根，社会为本”“关怀扶持，尊重个人”“求同存异，协商共识”“种族和谐，宗教宽容”等五个方面的“共同价值观”。新加坡是高度国际化的发达国家，拥有华族、马来族、印度族等各个族群，社会和谐对社会政治稳定及经济持续增长与繁荣至关重要。新加坡自建国起，在经过了“生存导向（1965~1978 年）”“效率导向（1979~1996 年）”“能力导向（1997~2012 年）”三个阶段后，逐渐过渡到价值观导向阶段。

新加坡教育部设立品格与公民教育组，负责规划学生的品格教育课程，重视学生的“品德”教育。新加坡学校利用中小学的强制性科目“公民与道德教育”和高中的“公民意识教育”直接进行道德教育，确保社会的主流意识形态健康发展。这和中国有相似之处，都强调教育的“立德树人”。中学生（13~16 岁）的公民与道德教育确认了“尊重、责任感、坚毅不屈、正直、关爱及和谐”六个核心价值观作为好品德的基础。高中生（17~19 岁）的公民意识教育大纲是中小学公民与道德教育大纲的延续和深化，公民意识教育的目的是培育学生在改善社区生活及主动服务他人中扮演活跃的角色。以“参与社会建设”为例，这一主题包括“我们的成长”“我们的家庭与社区”“激发改变的人”“新加坡是我们的将来”四个方面。

国民意识教育要求教师尽量避免空洞的说教，而是就主题学习的各个内容提倡“提问”教导方式，引导学生在问题情境中展开思考讨论；然后小组分工，同伴协作，找到解决问题的答案并分享。同时要求教师创新德育教育的手段和方法，对学生进行入情、入理、入心、入脑的思想品德教育，力争达到“随风潜入夜，润物细无声”的理想效果和教育境界。

国际知名咨询公司麦肯锡的报告把新加坡的教育制度评为世界上表现最佳的教育制度之一。世界经济合作与发展组织对全世界各地区中小学教育水平的调查结果显示，新加坡的中小学教育水平在全球高居榜首，大学教育同样达到了亚洲一流、世界领先的水平。我留学所在的新加坡南洋理工大学科研实力雄厚，2020 年 QS 世界大学排名全球第 11 位，亚洲并列第 1 位。其国立教育学院由新加坡教育部与学校共同管理，是新加坡唯一的师范院校，承担着培养师资的重任，多年来为新加坡中小学输送了优秀的师资队伍。

新加坡是典型的城市国家，有着“花园城市”的美誉。放眼望去，这里的大中小学就像花园里姹紫嫣红的花儿，千姿百态，美丽芬芳。进修之余，我边看边听，边学边思，打开了一扇新的教育之窗，发现这里的教育风景别有洞天，于是采撷一二，分享给大家。“他山之石，可以攻玉”，认真学习借鉴新加坡的教育特色，对我国当下的教育教学改革不无裨益。

芬兰教育的三大法宝

◎代桂兰

芬兰是一个位于欧洲北部的国家，人口530万，每年将5.9%GDP用在教育上，实行12年义务教育，受教育率100%。芬兰的教育始终备受人们称赞，在全世界的教育排名中名列前茅。芬兰的教育之所以能够获得成功，令人刮目相看，少不了摒弃功利思想、尊重学生个体、实行减压教学这三大法宝。

法宝之一：摒弃功利思想

“给孩子最好的教育，就是给他最好的人生。”这是芬兰前总理阿赫曾经说过的话。芬兰在教育方面所努力的，是不让一个孩子落后，尽力帮助每个孩子找到自己最适当的位置，拥有完整丰富的人生。芬兰的各所中小学注重的是孩子们心理素质的发育、精神的锻造、交际能力的提高，而不是考试分数和学习成绩。几乎每所中小学都把“给孩子一个美好的人生”作为共同的校训，他们的教育理念是“育人”，这也是素质教育的一种微观体现。芬兰的教育形式十分灵活，比如，教师可以根据学生的爱好、兴趣和要求，离开课堂，到超市里去上“采买课”，到野外去上“狩猎课”，到农场去上“秋收课”，到游泳馆去上“水上自救课”，甚至到火灾现场去上“火场逃生课”。这种灵活的教育方式，激发了孩子们的潜力和潜能，从而使每一名学生都能够在宽松、愉悦的状态和环境下，愉快学习，快乐成长。这对于完善他们的性格、心理，增强他们的生存能力、生活能力，也都是不无裨益的。

法宝之二：尊重学生个体

芬兰是全球最均衡、学生成绩落差最小的国度。从 1985 年开始，芬兰取消分班制，不再根据成绩排班，每个课堂有 20 名学生，老师兼顾每个学生，如果某个学生学习有困难，整个班级会帮助他。芬兰有 30% 的学生受惠于辅导老师，学校配备“特别教师”帮助学生。他们对待移民子女，即使无芬兰国籍的孩子都能免费上学，政府还额外拨预算，让他们学习母语和芬兰语。在芬兰的中小学里，普遍设有奖学金，而且额度不菲。但这些奖学金奖励的对象并非那些所谓的“学习尖子”和“考试状元”，而是师生公认的“全才生”。换句话说，即使某个学生各科成绩都很一般，但其交际能力较强、心理阳光向上、具有一定的创新精神，则同样可以拿到数额不菲的奖学金。而且师生都觉得校方在这方面做得很公平，大家心悦诚服，这其中也包括那些未得到奖学金的“学习尖子”和“考试状元”。在芬兰，国家规定：教师有免费补课的义务，如果哪名学生没有达到国家规定的教育标准，那么，教师就要主动地给学生进行课外的免费补习。芬兰教育工作者认为，只有这样做，才能不让任何一个孩子掉队，而不使他们掉队，这本身就在一定程度上维护了学生们的尊严。

法宝之三：实行减压教学

在全球范围内，芬兰学生的上课课时最少，课后复习时间最短。学生上课时间每天平均约 6 小时，家庭作业 1 小时。芬兰学生的假期也是最长的，暑假至少两个半月。芬兰学校采取小而精制度，规模小，虽然学校是政府出资，但是政府对学校实行最低程度行政干预。教科书交由民间出版社，根据国家颁布的课程标准，由见识广博、经验丰富的作者编写，政府不监督教科书内容。芬兰的教师也有很大自主权，只要教学内容符合课程纲要规范，可灵活应用教具和课本，自行决定怎么教学生，包括全权主导教学进度，学校不对教师进行评级，避免恶意竞争和向学生施压。在高中阶段，芬兰学生可以根据个人兴趣决定课程。芬兰在坚持素质第一的同时，还在学校内采取了一系列的减压举措，如：考试不排名次，无论是学生间还是学校间，均不做名次比较，学校不追求升学率，如此一来，学生学习无压力，教师教学无压力。虽然课堂作业和家庭作业是必留的，但老师从不批改这些作业，而是让学生对照正确答案去“自行批改”，然后将自己在学习中的差距和存在的问题上报教师，以便老师有针对性地进行辅导。芬兰的学生只在 16 岁时有一次强制标准化测试，即升入大学的测验，但学生可根据兴趣决定考试科目。

英国教育，流淌的不只有奶和蜜

◎王建华

随着教育全球化的迅猛发展，加强国际交流与合作已成燎原之势，形成了一股推动未来教育持续发展的不竭动力。2017 年 11 月 18 日，江苏省教育厅组织全省 16 位中小学校长参加了“2017 年赴英国中小学管理者高级研修班考察培训”。纵观整个培训过程，安排周密，内容丰富，形式多样，收获颇多。

我们一共考察了八所学校，其中包括两所英国最著名的大学、一所圣玛丽玛德琳学院（从幼儿园到高中，类似中国的十二年一贯制学校）、三所中学、两所小学（都涵盖幼儿园）。

总体印象

英国教育一般分为五个阶段。第一阶段是 3~5 岁的幼儿园教育。第二阶段是 5~11 岁的小学教育。第三阶段是 11~16 岁的中学教育。第四阶段是 16~18 岁的中学高级班（或大学预备班），为中学至大学的过渡期。第五阶段为大学教育，一般从 18 岁开始，读本科需要 3~4 年（医科为 5 年），可取得学士学位。硕士通常为 1~2 年，博士为 3~5 年。5~16 岁为法律规定的强制教育阶段，适龄儿童必须入学，由国家负责必需的学费、书籍和其他必要的供应。

英国中小学主要分公立和私立两大类。公立学校一律免交学费、书费；而私立学校要求学生住校，家长要交纳十分昂贵的学费，收费甚至往往超过大学。由于私立学校教学设备、师资条件以及经济条件的优越，其教学效果一般比公立学校好。

让我们印象深刻的是，无论是小学、中学，还是大学，英国人都不重视学校门面。我们甚至只在不起眼的地方，才发现了校名、校门。不过这个说法说对也不对，对哈罗公学以及两所大学来说，不仅没有校门，它的校园也散落在整个社区和城市中。但是，当你进入学校，你总会感到这是一个学习的地方。

小学印象

英国的小学都不大，一个学校一般只有两三百个孩子，一个年级通常只有一个班，班上一般是二十多个孩子。因为学校规模小，所以数量就很多，一个住宅区，方圆一英里内往往有许多所小学可供选择。

11 月 20 日，我们首站访问的是位于伦敦的 ST MARY 学院，集幼稚园、小学、初高中于一体，全校 1200 余人，其中小学 6 个班 150 人左右。这里，中国文化的影响无处不在，从汉字、汉语课、学生自制小报到中英学校友好结对等。有些孩子能使用简单的汉语对话，这是中国汉办和中英结对学校教师交流带来的成果。通过学校介绍，原来英国的学校也是要考核的，其教学质量要公布于众，并直接影响学校的生源。所以学校董事会非常注重聘选有能力、有水平的校长和老师。英国很少有教师从事有偿家教也就不奇怪了，毕竟饭碗更重要啊。

11 月 24 日，我们访问的是位于曼城的 Greenbank Preparatrory

School，这是一所合幼儿园、小学于一体的学校，300人规模，是当地一所名校。小学150人，平均每班25人，因材施教、现代化应用等做得很到位，特别是英式环境、育人文化、课程建设、合作教学还是非常出色的。

11月29日，我们访问的是Notley Green Primary school。中文译名诺利绿色小学，是埃郡的一所办学理念先进的学校，融合了英式体制，实施集团化联盟办学。正待进入校园，总算在校外竖起的指示牌上找到了学校标识。推门入户，接待我们来访的便是学校校长Claire女士和总校负责教学联盟和评估的主管Sarah女士。

英国学校大都重视学校文化建设，讲人文，更讲特色，我们走过的学校总体上都温馨典雅，每一项功能都设置得精准精巧；但学校间绝无雷同，每个教室都呈现别样的多元文化。绿色森林，便在学校各处呈现。围绕课堂学习，学校努力寻求世界上最好的教学方法，组成优秀的教师团队，把不同层次学生组织成学习小组，力争不落下一个学生。

比如六年级的教学，会设计三个不同程度的题目，让学生自由选择。学生会选有点难度的题目，又不会达不到学习目标，以利于形成良好的学习习惯。

学校课程教学的核心是强调应用，因为重要性和作用在那里，渐进过程，巩固所学，为此学校建立了数学例会机制。

学生基本是2个或4个人为一组，便于合作交流。老师讲课时学生也可以直接坐在地毯上听。但是，学生的纪律真得很好，非常有秩序、非常安静地听从老师调度指挥，而且非常阳光、大方、懂礼仪。

老师讲完课，同学们就按小组分别坐在不同的课桌周围，完成老师布置的练习；很多练习需要大家合作完成，然后老师再分组辅导。

英国的小学一般每个班配两个固定老师，一个是班主任，一个是助理教师。助理教师从早到晚一步都不离开学生，他们从不教课，但是要帮助所有教课老师维持课堂秩序、准备教具和检查学生阅读能力。其实，在学校的一些角落里我们会不时发现老师单独辅导学生的身影。我们没有发现一个闲着的老师。

哈罗印象

如果评比全球最好的十大中学，哈罗公学绝对能位列其中。这所学校位于伦敦西北角，由哈罗当地的一个农民约翰·里昂于1572年创建。办学的最初目的是为当地的男童提供受教育的机会，但经过几百年的发展与演变，今天的哈罗公学是英国最负盛名的私立学校之一。哈罗公学著名的校友包括了诗人拜伦、首相丘吉尔等。

迎接我们并做介绍的是哈罗公学的一名退休历史老师。哈罗公学没有真正意义上的校门，我们只能在一些建筑中找到哈罗公学的标志。我们先后走进了哈罗公学的各式会堂、体育馆、学生宿舍、游泳馆、室内体育馆、餐厅等处，学校没有中国传统意义上的校园，学校就在社区中，就徜徉在自然环境中。偌大的环境中我们听不到喧哗吵闹，看不到嬉笑奔跑，所有人都有条理地做事，十一二岁少年也如绅士般行走。

虽说是一所贵族学校，但哈罗公学的学生是朴素的。最著名的传统是学生的硬草帽，哈罗公学的学生在上课时必须戴这样的帽子；都身穿雪白的衬衣，外着深蓝色的西装外套。老师的标志是身着哈利·波特式的外袍，有派，透着师道尊严。

我想，哈罗公学的学生的成长应得益于学校如圣经般的布道，这种教育的力量深入骨子里，成为人的精神世界、道德准则和行为方式。这样的学生怎么能不优秀呢？

大学印象

11 月 22 日，我们首先走访的是闻名世界的牛津大学，在英国大学中排名第一。它位于英格兰牛津城，公元 9 世纪建立，距今已有 1100 多年的历史。“津”在汉语中意为渡口，泰晤士河和柴威尔河便在此会合。牛津大学也没有标志性的大门，它散落在整个城市中。学院繁多，以至我们走近希尔东尼剧院，还以为来到了一个古老的建筑群。历史的传承带来的是文化的厚重、教育的升华。如果说这是英国人的保守与刻板，那也是一种神圣的境界，不是现场所能体会的。

11 月 28 日，我们走访了剑桥大学。如果说牛津重文，剑桥则重理。如果不是苏曼中心的小林介绍，我们也当康桥是剑桥的一座桥了。原来康桥取自 cambridge，现通译剑桥，是英格兰的一个城市，因靠近康河（剑河）而名；它是英国著名的剑桥大学所在地，也因此驰名于世。它是英国学术、文化中心，风景胜地。《再别康桥》中的“康桥”是指剑桥大学，剑桥大学是英国也是全世界顶尖的大学之一。它采用书院联邦制，我们走访的是国王学院和三一学院。在剑桥大学 800 多年的历史中，涌现出牛顿、达尔文等一批引领时代的科学巨匠，造就了培根、凯恩斯等贡献突出的文史学者，培养了弥尔顿、拜伦等开创纪元的艺术大师，走出了 8 位英国首相。而截至 2017 年，共有 97 位诺贝尔奖获得者（世界第二）、10 位菲尔兹奖得主（世界第六）、4 位图灵奖得主（世界第九）曾在此学习或工作。剑桥大学在数学、物理、医学、法学、商学等多个领域拥有崇高的学术地位及广泛的影响力，被公认为是当今世界顶尖的高等教育机构之一。

站在剑桥边，看一看汉字石刻，再放眼远眺，风景如画，学校如圣堂般光洁。遥想当年徐志摩先生的意气风发，“挥一挥衣袖，不带走一丝云彩”，迷醉了国人，也迷醉了英国人。

英国的数学课

据说英国人比较烦心的事，一是不知道上班穿什么——这大概与其天气变化无常有关；二是搞不清财务——这又和什么有关呢？有人说，盖其与基础教育，尤其是数学教学有关。以至于英国政府特地从上海引进了一批小学数学老师以及课程设计，以期提高本国的数学基础教育水平。但英国的数学教育真的是如此失败吗？一个能培养许多杰出的世界顶级人才、建立诸多顶级高等教育学府的国家，基础教育必然有其先进性和独立性！所以非常有必要沉下心来研究，从异质文化角度探究英式数学基础教学。这一端详，还真有所发现：一年级的数学就同时学习加法与乘法。六年级学带分数加减法，计算时先化成假分数，尽管思维过程很清晰，但其计算过程、逻辑关系也的确存在一定问题。难怪教材屡屡出现一些逻辑错误，英国老师尴尬地说“这是常有的事”。还有，六年级的孩子在计算 20 以内减法时，还需要数数手指，等等。

考察的借鉴应用

此次赴英考察，毕竟时间短暂，很多方面都是匆匆走过，没有深入了解和体察。但是，由于苏教国际苏曼中心为我们做了许多前期准备，使得对方有所准备和安排，有利于我们快速了解英国教育的相关情况。此外，由于我们此次考察目标明确，一是英国学校文化建设，二是课程建设，因此，也有利于我们直入主题，在最短的时间内透过现象看本质，一叶知秋。由此，也使我们产生了对我们教育未来发展的一些思考：

1. 培养团队合作

在访问中我们看到，几乎 90% 以上班级的教学都是在小组讨论中进行的。这种教学方式被称为合作学习，而且这种合作是真合作，这是教师的教学理念和教师环境布置使然，不是徒有形式。其根源在于对教育的不同理解。英国教学方式已经明显摆脱了近代教育的局限性，立足于未来信息时代的新情况、新特点。我国的教学方式则还停留在“去应试”的表象中。

未来社会人才的必备能力是合作共享和跨界交流合作，我们需要改变的不只是形式，更重要的是教育教学观念以及相应行为的变化。

2. 加强课程建设，在应用中发展学生的核心素养

英国的中小学除了英语和数学为统一课程外，均为学生开设门类齐全的校本课程。学生可以根据自己的兴趣和特长选择自己喜欢的课程，实行“走班制”教学，教室按学科划分。因此，在英国，学生从小学就学会了选择和思考，他们会选择自己感兴趣的、喜欢的，认真加以研读。广泛的课程设置，为学生的学习和素养发展提供了广阔的舞台。比如，有一所学校组织学生到伦敦进行消费、乘车等一系列实地学习，从而提升了学生的生活自理、社会交往等能力。

3. 小班化教学真的非常重要

可能是我们目前经济条件的局限，还没有完全达到所有地区实现小班化教学，但它是提高教育教学质量的必然路径。

4. 建立大教育体系

教育不只是学校的事，应该成为全社会包括政府部门、社区、家庭共同推动的一项事业，并形成一种教育至上、教育优先发展的社会发展态势；要提升教育的获得感。

5. 加强教师人事制度改革

要打破铁饭碗，教师队伍要能进能出，能上能下。不破不立，教师的职业态度和能力更多的是来自危机意识、忧患意识。

英国之行的意义在于，使我们对当前的课程改革有了更为直观、更为深切的理解，对于学校文化、对于培养创新人才的重要性有了更为深刻的理解。教育的方式可以借鉴，但无须复制。没有最好的教育，只有最适合自己的教育。只有不断改进的、务实的教育，只有着眼未来、散发人性光芒的教育才会直抵人心，我们的教育，应该有与世界教育发展趋势和发展规律相一致的新的发展。